One Man's Dog

원 맨즈 독

One Man's Dog 원 맨즈 독

초판 1쇄 인쇄 2013년 4월 23일
초판 1쇄 발행 2013년 4월 30일

지 은 이 조지수
발 행 인 정현순
발 행 처 지혜정원
출판등록 2010년 1월 5일 제313-2010-3호
주   소 서울시 광진구 중곡동 647-23 303호
연 락 처 TEL : 02-6401-5510 / FAX : 02-6280-7379
홈페이지 www.jungwonbook.com

디 자 인 이용희

ISBN 978-89-94886-29-9 03810
값 14,000원

조지수 산문집

One Man's Dog
원 맨즈 독

지혜정원

fabricator somnii

꿈 의   제 작 자

습관은 물리적인 것들로 시작하지만 정신적인 것으로 변해 나간다. 사소한 버릇들이 조용히 자리 잡고 일상을 지배하기 시작한다. 정신마저 습관에 중독될 때 그것은 생각 같지 않게 삶을 지배한다. 별것 아닌 상투성이 모르는 사이에 스미지만 너무 다정해서 젖는 줄도 모른다. 초여름 첫 번째 더위에 달콤하게 스미는 이슬비처럼. 비밀처럼 내려 모르는 새 머리에 녹아드는 눈송이처럼. 습관을 박탈당하면 힘들어진다. 추운 날 벗겨진 채로 집을 나서야 하듯.

최초의 충격은 이별의 작은 고통이다. 익숙해 있던 습관의 변경이 더 큰 고통을 예고한다. 같이 했던 일상적 습관의 변경들. 둘을 묶었던 물리적 관계의 변경. 이쪽이 더 힘들다. 전화기도 커피숍도 은행나무도 빛을 잃는다. 빛이 사라지다 가물거리는 어둠 속으로 몰락해 간다. 소묘만 남을 때까지. 그것조차 희미하다면 이제 많은 시간이 흘렀다. 에칭처럼 파여 있던 습관이 세월에 날려 온 모래들로 채워지기 시작한다. 점점 희미해지다 거기에 끌 자국조차 안 남을 때 하나의 습관을 벗어난다. 이제 소묘조차 사라졌다. 많은 고통 속에서. 시간이 상처의 의사였다. 새로운 습관이 오고 다시 중독이 시작될 것이다.

습관을 만들고 거기서 버텼다. 그것을 중독으로 만들기 위해. 중독은 느낌과 사유를 밀어낸다. 자동행동이니까. 간헐적인 다정함은 외로움을 힘들게 만들 뿐. 친근하게 느껴지는 사람들도 내 것이 아니다. 곧 그들의 동굴로 퇴거한다. 혼자라는 사실을 운명으로 믿어야 한다. 새로움에 처하게 됐으니까. 낯섦이 내 선택이니까.

중독이 이 글의 장본인이다. 외로움에도 중독된다. 아무 습관이라도 만들어야 했다. 세계의 운행을 저버리고 홀로 됐을 때, 궤도를 벗어나서 길 잃은 행성이 됐을 때. 낯선 상황은 예측조차 할 수 없는 서늘함을 주니까. 먼저 혼잣말하는 습관을, 다음으로 끄적거리는 습관을 만들었다. 간단하다. 나를 만들고 대화를 나눈다. 한 사람이 묻고, 그 사람이 대답하고. 그는 그림자가 되어 내 앞을 서성거린다. 나 자신만큼 다정하게. 이 습관에 중독됐다. 또 다른 내가 원래의 주인을 지배한다.

문제가 생겼다. 남들 앞에서도 사라지지 않는 습관이 되어갔다.

환각 속의 그가 생명을 부여받으려 했다. 등장인물이 저자의 통제를 벗어났다. 자율성을 확보하고는 불러내지 않아도 스스로 나타났다. 심각해져 갔다. 의사는 입원을 권했다. 떠나보낼 때가 되었다. 가슴 아픈 이별. 그것은 또 다른 나였다. 그래도 다시 봐서는 안 된다.

끄적거리는 습관을 힘들게 불러들였다. 그것은 먼저 이별이지만 입원보다는 나았다. 이리저리 생각 가는 대로 끄적거리다 보면 순식간에 몇 시간이 흘러간다. 하나의 생각은 수 갈래로 분기된다. 네거리에 이른 돌풍이 작은 바람들로 나뉘듯, 거칠게 밀려들던 커다란 잡념이 고요한 동네에 이르러 느리고 부드러운 바람들로 갈려 나간다. 이 바람들을 차례로 따라다니면 시간은 몰래 흐른다. 몇 개의 단상의 흔적을 남겨놓고 마지막 시간이 꼬리만 보일 만큼 가물거린다. 눈도 가물거린다. 잠들 수 있다. 바람의 퇴적이 잠을 방해하지만.

외로움의 공포가 더 이상 크지 않다. 중독 속으로 얼른 도망가니까. 아무 곳에서나. 커피숍, 공원 벤치, 잔디밭, 나의 방. 노트와 볼펜이 가난을 그럴듯한 풍요와 재화로 바꾼다. 종이 위에 갈겨진 검은 기호들이 다채로운 소묘와 화사한 색조를 입는다. 솔잎들이 단풍잎으로 변해 나간다. 서리 같은 암청색이 눈부시게 화사한 단풍 색으로. 꿈결의 그 색들. 나의 상상 속에서.

별스런 것을 끄적거리지도 않았다. 삶의 잔류물들, 일상의 부스러기들. 될 수도 있었던 또 다른 나들. 살아오며 포기했던 또 다른 나들. 그것들은 가능성의 씨앗 속에서 몰락했다. 내가 걸은 길의 작은 옆길들은 그 시체로 즐비하다. 나는 그 시체들에 다시 생명을 불어 넣는다. 될 수도 있었던 나를 상상하며. 그 길을 택했더라면! 아아, 현재의 나는 성취의 결과가 아니라 포기의 결과였다. 이 포기들. 이것들도 끄적거렸다.

그것들도 나름의 재화, 나름의 풍요였으니까. 누구도 없던 내게는. 백일몽의 아이, 잠결의 환각, 꿈에 본 가족, 과거의 동료, 가물거리는 노을. 나의 공원, 나의 산책, 나의 천체, 나의 호수, 나의 계곡, 나의 숲. 잠들면 된다. 몽상은 아침이면 사라지니까. 첫 햇살에 새들이 사라지듯이. 밤새 나무에서 서성거렸던 새들이. 선잠을 깬 나를 안심시킨 새들이. 그러면 또 다른 며칠을 산다.

이 글은 내게 속했다. 사적인 것이었다. 스콜라적 저술들은 물론 읽히기 위한 것이었다. 교육적 내용이다. 정보는 전달되어야 생산성을 확장시키니까. 또 그것이 직업이니까. 사회에 진 빚도 갚아야 했고. 그것들이 사람들을 괴롭혔겠다. 따분하니까. 그러나 이 글은 나 자신에 의해 끄적거려지고, 첨삭되고, 교정되고, 되읽히기 위해서였다. 기쁨과 반성을 위해. 나는 또 다른 나를 보듯 이 글들을 보아왔다. 그만큼 다정하고, 그만큼 권태롭다. 때때로 친구였고 때때로 검열관이었다. 자기만족과 자기검열의 장본인.

명절 빈 거리를 이 글들이 띄엄띄엄 거닐었다. 혼자일 때도 이 글들은 가버리지 않는 친구였다. 그래서 이 몽상은 외로웠던 시절을 상기시킨다. 이 글은 곁에 있어 줬다. 모두가 고향으로 가듯 사라져갈 때, 물새로 수선스럽던 호수가 조용해질 때, 꽃과 과일의 향기가 거리에서 사라질 때, 모두가 '더 이상 집 짓지 않을 때', 얼음과 바람과 눈의 시간이 예고될 때, 잠이 모두의 눈에 스밀 때.

그때도 이 글은 다정한 친구로 남아 줬다. 남쪽으로 가버리지 않았다. 추위와 쓸쓸함을 같이 견뎌줬다. 낯선 도시, 낯선 사람들 사이에서. 생명이 잠들던 가을의 시작에. 또 하나의 나로서. 그러고는 따스한 이불처럼 나를 감쌌다. 없었다면 내 사막에서 선인장 몇 개가 사라졌겠다.

이 글의 출판은 내 허영의 결과이다. 자기만족이 어느 순간 공적 생명을 얻고자 했다. 그러나 독자들이여, 부디 관대해 달라. 출판이 허영이라 해도 이 글이 허영은 아니다. 나는 진실하려 노력했다. 그렇지 않을 이유가 없었다. 나 자신만을 위한 글이었다. 독자의 한마디가 모든 행복이고 모든 찬사이다. "많이 웃었다."

2013년 4월
조지수

차 례

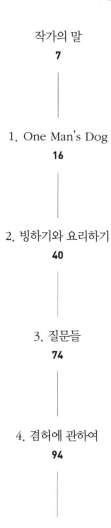

삶이 덧없듯이 사랑도 덧없다.

덧없는 것이 나쁜 것도 아니다.

모든 것이 영원하다면 그것이 더 지겹다.

그러니 누가 누구를 원망할 일도 없다.

사랑은 불완전한 대상을 전제한다. 그 대상이 인간이다.

바위도 풍화되고 보석도 소멸된다.

영원 속에 인간이란 무엇이겠는가.

인간 사이의 일이란 모래로 성을 쌓기다.

왜 끝없는 신실함을 기대하는가.

모든 것이 부질없다는 사실을 깨달으면

이제 인생에서 행복하기 위한 조건을 얻게 된다.

고통의 의미는 고통과 더불어 사는 법을 익히는 데 있다.

1

One Man's Dog

"선생님, 진돗개를 키울래요."

그녀는 입을 꾹 다물며 단호하게 말한다. 키우고야 말 거 같다. 그 단호함이 차라의 다다선언 이상이다. 성명서를 읽는 듯한 단호함. 그녀는 실연의 이유가 그의 불성실에 있다고 생각한다. 그는 아마 그녀에게 싫증 났거나 둘의 관계에 회의가 일었을 것 같다. 아니면 관계유지에 자신감을 잃었거나. 흔히 발생하는 일이다. 그는 이미 다른 여성을 만나고 있다. 그녀는 그가 신실하지 않다고 말한다. 이 어휘는 그녀의 종교적 설교에서 가져왔다. '지조 있는 한결같음'의 의미라면 적절한 어휘다. 그러나 실연에 도덕적 평가를 하는 것은 부당하다. 그것은 단지 계약이 결렬됐음을 의미한다. 부도덕한 이별은 없다. 단지 그 원인이 때때로 부도덕할 뿐이다. 그리고 그 원인의 부도덕성은 양자 대면해야 조금 알 정도이다. 그의 잘못이라는 건 그녀의 얘기일 뿐이다.

흔히 발생하면서 치명적인 고통을 주는 것이 실연이다. 이 고통을 피해서 삶을 살 수는 없다. 이 고통이 없었다고 좋은 인생도 아니다. 달콤한 속삭임, 맹세, 들뜬 환희. 이것들은 연기와 같다. 공중으로 날아오르고 덧없이 흩어진다. 이것을 겪고 극복하고 나면 이제 조금은 더 실존주의자에 가까워진다. 삶과 사랑에 부여했던 환각에서 조금씩 깨어난다. 자기가 귀부인도 그가 기사도 아니다. 세상에 기사란 없다. 그 자체로는 좋은 경험도 나쁜 경험도 없다. 단지 좋게 극복되는 고통이 있다. 실연이 잘 극복되면 당사자는 성숙해지고 많은 연민과 공감으로 삶을 살 수 있다.

삶이 덧없듯이 사랑도 덧없다. 덧없는 것이 나쁜 것도 아니다. 모든 것이 영원하다면 그것이 더 지겹다. 그러니 누가 누구를 원망할 일도 없다. 사랑은 불완전한 대상을 전제한다. 그 대상이 인간이다. 바위도 풍화되고 보석도 소멸된다. 영원 속에 인간이란 무엇이겠는가. 인간 사이의 일이란 모래로 성을 쌓기다. 왜 끝없는 신실함을 기대하는가. 모든 것이 부질없다는 사실을 깨달으면 이제 인생에서 행복하기 위한 조건을 얻게 된다. 고통의 의미는 고통과 더불어 사는 법을 익히는 데 있다.

나는 그녀의 개와 관련한 선언에 자못 당황했다. 께름칙하게 당황했다. 쉽게 동의해줄 수 없었다. 무엇인가 옳지 않다는 느낌. 무어라고 꼭 집어 말할 수 없는 그 못마땅함. 거기에 보태지는 약간의 분노. 진돗개의 운명은? 그녀가 진돗개를 키우고 싶은 이유는 진돗개의 신실함 때문이란다. 인간의 변덕이 부질없는 고통을 너무 많이 준다나. 그러나 이번엔 진돗개가 실연을 겪겠다. 자기는 고통을 주지 않을 자신이 있나보다.

진돗개는 한 주인에게 충실하다. 어렸을 때 키운 주인이 그 개의 영혼 속에 영원히 각인된다. 최초의 손길, 최초의 포옹이 그 개의 운명을 가른다. 두 번째 주인이란 없다. 왜냐하면 첫 번째 주인에게 버림받는 순간 의미와 삶으로부터도 버림받으니까. 순수하고 고지식하다.

이 개의 이러한 기질은 키우는 사람에게 어떤 종류의 만족감을 준다. 잃지 않을 소유에 대한 기쁨이랄까. 영원한 지배력에 대한 만족감이랄까. 이러한 것들이 그 개를 키우는 이유일까? 전적인 이유가 아니라도 상당한 이유는 된다. 진돗개를 키우는 모든 사람들이 이 개의 이러한 기질을 자랑삼으니까. "이 개는 한 사람에게만 충성해요."

허영의 시대이다. 우리는 '허영의 시장'에 살고 있다. 부와 명예와 지위와 외모 등에 대한 역겨운 허영들. 허영은 심지어 사물에게 뿐만 아니라 사실에게도 향한다. 슬프게도 관계에도 허영이 존재한다. 진돗개의 충성과 절개는 무조건이다. 소유자는 그 '무조건'에 만족한다. 자기는 타고난 권리로서, 아무런 자격이나 노력 없이도 그러한 충성의 흠모 받는 대상이다. 이 세상에 천부적 권리란 없다. 모든 것이 끊임없는 노력으로 얻어지고 유지될 뿐이다. 그런데 한 생명에 대해 천부의 권리를 지닌다? 거기에 대한 자격이 있다? 나는 솔직히 이게 무슨 범주의 허영에 속하는지도 모르겠다. 그러니 칸트의 정언명령도 웃기는 얘기다. 그것도 일종의 허영이다. 세계는 그렇게 고귀한 차원 위에 있지 않다. 무조건이라니. 무조건적 윤리라니. 값을 치르지 않는 삶이라니.

많은 사람들이 타고난 천품의 덕으로 무조건적 존경, 사랑, 충성 등을 받을 자격이 있다고 생각한다. 주는 거 없이 받을 자격이 있다? 자기도 한 진돗개에만 충성할 자신이 있을까. 그런 생각은 해본 적도 없으면서 무조건적 충성을 받을 자격이 있다?

자격이 없을 것 같다. 졸렬하고 어리석은 허영꾼이니까. 실연에 대해 숙고에 잠기거나 초연하게 견디기보다는 먼저 분노에 차 있으면서. 진돗개와 주인의 관계는 감동적이지도 않다. 최악의 관계가 이런 미련스런 집착이다. 진돗개와 그 주인의 관계는 진돗개 입장에서는 고지식하고 고집스러운 집착이고, 주인의 입장에서는 무조건적 충성을 받을 턱없는 자격에 대한 허영이다. 만약 진돗개의 고집이 그 개를 키울 이유라면, 주인은 아마도 관계에까지 허영을 도입하는 사람이다. 이 관계는 집착과 속물근성의 궁합이다.

허영이 아니라면 무조건적 충성에 감동할 이유가 없다. 당신은 채무자이다. 어떻게 그 빚을 갚으려는가? 나는 그 중생의 어리석음에 연민과 슬픔을 느낀다. 왜 한 번의 인연만이 의미 있는가? 왜 스스로를 대상 속에 고착시키는가? 왜 영원 속에 살려 하는가? 제우스는 폐위됐고 변전變轉이 새로운 왕이다. 그러니 대상에 대한 고착은 어리석음이다. 거기에 있는 대상은 실체를 보증하지 않는다. 최초의 주인이건 최후의 주인이건 누구도 실체는 아니다.

다른 한편으로 두렵다. 엄밀히 말해 무조건이란 없다. 조건 없는 헌신은 신의 영혼에서 때때로 솟구친다. 관계에서 얻는 기쁨은 무언가를 받을 때보다는 줄 때 발생한다. 무조건적으로 줄 때. 이것은 신에게만 가능하다. 그러나 진돗개의 무조건은 본능에 입각했을 뿐이다. 아마도 최초의 군주에게 영원히 충성한 개체군이 생존에 유리했을 것이다. 사회진화론자에게 물으면 "맞다."고 할 것이다. 그러니 그 개의 무조건에 그렇게 흡족해할 이유가 없다. 자동 인형이 대견할 이유가 어디에 있는가?

당신도 때때로 무조건적 헌신을 한다고? 어리석은 소리엔 재갈이 약이다. 스스로의 마음을 잘 살펴볼 노릇이다. 어디엔가 조건을 감추고 있다. 마음의 깊고 어두운 구석에 자신의 요구가 작게 움츠리고 있다. 위선이란 감춰진 — 때때로는 자신도 그 존재를 모르는 — 요구에 다름 아니다. 자식에 대한 헌신은 무조건이라고? 웃기는 소리 좀 안 했으면 좋겠다. 비웃음을 사고 싶은가. 기만 없이 사는 것이 지혜를 향한 첫걸음이다. 그것은 생물적 조건, 모든 조건 중 가장 원초적 조건이다. 또 다른 자기인 자기 유전자의 번영이 그 조건이다. 요만큼은 인간도 본능에 지배받는다. 이 점에 있어 아슬아슬하게 인간이 진돗개가 된다. 인간도 먼저 동물이다. 아이 버리고 도망가는 비동물적 인간들도 있지만.

그 개의 충성은 영원한 유대를 조건으로 한다. 엄청난 조건이다. 사랑이나 충성이 당신에게 향하기 때문에 기쁘다고? 나는 어리석음에 실소한다. 이것을 기쁨이라고 한다면 차라리 어떤 것도 기쁨이 안 되는 편이 낫겠다. 받는 것은 어떤 기쁨도 아니다. 빚지고 사는 삶은 좋은 삶이 아니다. 그것은 채무 가운데 힘겨운 삶이다. 헌신하고 베풀려 노력해 보았는가? 그것도 조건 없이 헌신하려 애써 보았는가? 조건이 어떻게 없겠는가? 다른 조건이 없다 해도 자기만족이라는 조건은 있다. 그러니 조건 없다는 것은 조건 없기 위해 애쓰는 과정이다. 거기에 조건 없으려 애쓰는 나만 있을 뿐이다. 당신도 누구도 신이 아니라 해도 그 노력을 조금이라도 해 보았을까? 여기에서 행복을 느껴본 적이 없는 사람은 행복과 기쁨에 대해 말할 자격이 없다.

나는 진돗개를 키울 생각이 없다. 힘겹다. 그 헌신에 어떻게 보답할 수 없다. 같이 죽을 작정이라면 키워 보겠다. 모든 것이 한결같지 않다. 운명도 한결같지 않고 내 마음도 한결같지 않다. 이 덧없는 삶에서, 이 변화무쌍한 세상에서 어떻게 내가 한 동물에 대해 십오 년간의 한결같은 보호와 유대를 보증할 수 있는가. 내가 돌아서는 순간, 혹은 운명의 변덕이 둘을 헤어지게 하는 순간, 무의미와 황량함이 그 개를 물들인다. 이제 나의 과거의 사랑하던 가족이 도심을 헤매고, 돌멩이 세례를 받고, 쓰레기통을 뒤지다가, 굶어 죽거나 차에 치여 죽는다. 친구의 존엄성의 상실을 나는 못 견디겠다. 그러니 같이 죽을 각오가 아니라면 그 개를 키우지는 못하겠다. 날카롭게 솟은 귀와 멋지게 말린 꼬리가 아무리 아름답게 느껴진다 해도. 무조건적 충성이 어떤 흐뭇함이나 연민을 일으킨다 해도. 무조건적 충성의 대가는 무조건적 보살핌이므로. 헌신의 대가는 헌신 외엔 없으므로.

진돗개의 이러한 기질이 의심스럽다고? 그러나 사실이다. 나는 많이 보았고 키우는 사람들의 경험담도 그것을 말한다. 옆집에 맡겨진 진돗개는 가족들이 귀가할 때까지 굶는다. 우리 집에 맡겨진 그 개는 고집스레 웅크리고 앉아 현관만을 바라봤다. 심지어 이 고집은 우성형질이다. 우리 소대의 선임하사는 진돗개를 키우고 싶어 했다. 군견은 셰퍼드이다. 진돗개는 군견이 될 수 없다. 고집스럽게 최초의 주인만을 인정하니까. 그러나 선임하사는 셰퍼드를 개 취급도 안 했다. "지조가 없는 개는 개도 아니야." 하면서. 그가 어디선가 '지조 있는' 개를 그의 오토바이에 싣고 왔다. 희지도 않고 누렇지도 않은, 진돗개는 아니지만 비슷하게는 생긴 개를 어디선가 챙겨왔다. 진돗개와 누렁이의 잡종쯤 될 것이다. 굶어 죽었다! 주인이 바뀌었으므로. 사병들은 비웃었다. "진돗개도 아닌 것이 진돗개인 척한다."고. 진돗개 고유의 고집은 우성형질이다. 그 지독한 형질. 굶어서 자살하다니.

진돗개를 입양하겠다고 그녀는 선언했다. 거기에 대한 나의 당황과 못마땅함은 아마도 진돗개의 운명에 대한 어떤 고려도 없는 그녀의 이기심에 대한 일말의 분노였다. 그녀는 그 개의 평생의 운명을 책임질 각오를 했을까? 물론 아니다. 사람들은 경솔하고, 배려 없고, 이기적이다. 누구도 결의와 각오로 강아지를 입양하지는 않는다. 앞으로 십오 년간은 때때로 기쁨을 주고 때때로 불편을 주는 가족 한 명과 더불어 살아야 한다. 아무도 이 생각을 안 한다. 앞으로 십오 년을 멀쩡한 정신으로 살 자신이 없는 노인네는 강아지를 들이면 안 된다. 반려견이라니? 반려의 대상이 치매에 걸리거나 사라지면 그 견은 어떻게 되는가? 인간은 본래 외롭다. 외로움을 견디는 훈련 없이 늙었다면 그 고통은 그의 몫이다. 늙어 바보는 진짜 바보인 것처럼 늙은 사랑 구걸꾼은 진짜 구걸꾼이다. 초연함을 키우지 못한 인생은 외로움의 고통을 당연히 겪게 된다. 죄 없는 개에게 그 책임을 뒤집어씌운다? 진돗개의 경우에는 이 책임이 배가 된다. 그 무조건적 신실함으로. 거기에 대해 책임을 질 수 있는가? 최초의 눈길이 당신을 향하는 순간 운명이 고정되고 마는 불쌍한 생명. 나 자신에 대해 말하면, 나는 질 수 없다. 여태도 여러 안타까움으로 많이 힘들었다. 나머지 인생도 연민으로 보낼 자신이 없다.

나는 진돗개를 키우는 어떤 사람을 안다. 정말 잔인한 사람이다. 개를 계속 바꿔 나간다. 좀 더 멋지고 좀 더 영리한 개로. 만날 때마다 새로운 개다. 그는 과거의 진돗개에 대해 말한 적이 없다. 어떻게 처리한 걸까? 그는 진돗개 싸움 붙이는 일을 취미로 한다. 패배한 개는 눈 밖에 나고 조만간 사라진다.

그가 오만하게 말한다. "서양개들은 보름만 지나면 새 주인에게 충성하지." 그렇기 때문에 키울 가치가 없다고. 그렇다면 그는? 그는 개를 키울 자격이 있는가? 더구나 진돗개를 키울 자격이 있는 사람인가? 자기는 보름이 지나도 키우던 개를 계속 그리워할까? 자기 자식도 안 그리워할 거 같다.

새롭게 개를 키울 작정이라면 서양개를 선택하겠다. 나의 기질과 성격을 고려할 때 진돗개에 대해서는 자격이 없다. 나 자신 절개가 없는 사람이다. 과거가 나를 잡아끌게 하고 싶지도 않고 미래에 대한 여러 대비로 피로에 지치기도 싫다. 새 주인에게 새로운 정을 붙일 줄 알고 과거의 주인을 곧 잊어 준다면, 나도 그 개를 잊을 수 있고, 연민과 안타까움 때문에 가슴 아파하지 않아도 된다. 내가 책임질 일은 없다. 그리움 때문에 몰락해 나가는 어떤 운명에 대해. 감당하기 어렵다. 그것은 죽음만큼 감당하기 어렵다. 내 마음속의 사랑, 내 마음속의 연민. 이것들이 두렵다. 죽음보다 더.

캐나다의 지역신문의 마지막 두 쪽에는 구인란이 있다. 직원을 구하는 구인란이 아니라 파트너를 구하는 구인란이다. 외로운 사람들은 거기에 자신을 소개하고 파트너를 구한다. 어떤 사람은 모닝커피를 같이 마실 파트너를 구하고, 어떤 사람은 여행 파트너를 구하고, 어떤 사람은 이성 친구를 구하고, 어떤 사람은 컬링 멤버를 구한다. 심지어 배우자를 구하는 사람도 있다. 이를테면 그쪽들은 무료 중매터이다. 캐나다의 땅은 정말 넓다. 그러나 인간관계는 좁다. 인구가 작으니 지역사회에서는 한 다리 건너면 다아는 사이이다. 그러므로 서로의 신원에 대한 의심은 없다.

나는 한 자기 소개에 아연했다.

"One Man's Woman!!!"

아아, 여기에 진돗개 같은 여인이 있다. 한 번 연인은 영원한 연인이라 생각하고, 사귀다 헤어지면 평생 독신으로 살아갈 각오인 여성. 캐나다 사람들에게는 과장이나 허풍이 없다. 과장은 언어 인플레이션이 지독히 심한 우리나라 사람들 사이에서나 범람한다. 그 우직한 사람들은 곧이곧대로이다. 언제나 삽spade을 삽이라 부른다. 그들은 사업을 양도하며 권리금을 흥정할 때조차도 매출액을 과장하지 않는다. 이 여성도 스스로에 대해 정직하게 말하고 있다. 내가 겪은 경험은 그렇다고 말한다.

어떤 신사분인가가 이 여성에게 전화한다면 이것은 정말 작은 일이 아니다. 이런 사랑은 시작이 오래 걸린다. 절개가 곧은 사람들은 시작이 어렵다. 그러나 그 시작은 끝이 안 나게 될 사랑의 시작이다. 전화하기 전에 먼저 스스로를 살펴야 한다. 'One Woman's Man'이 아닌 이상 전화하면 안 된다.

전화할 만큼 절개가 굳지 않다고 해도 스스로가 유감일 이유는 없다. 변덕과 자유가 죄는 아니다. 세상은 경천동지할 만큼 변화무쌍하다. 왜 인간의 마음만은 한결같아야 하는가? 한결같지 않은 사람들은 유연하고 자유롭다. 각자가 자기 가치를 가진다. 문제가 발생하는 것은 상반된 기질의 두 사람이 만났을 때이다.

자연은 종종 자신의 결여를 상대편에서 구하도록 본능을 유도한다. 이제 자연의 소산이 자연에 기만당한다. 자연의 목적은 개체의 행복이 아니라 종種의 유지와 개선이다. 상반된 사람들이 서로에게 매력을 느낀다. 유전자 풀pool이 커야 생존에 유리하므로. 자연은 아이만 얻어내면 된다. 그러나 개체들에게는 결국은 고통과 파탄으로 이끌리게 될 매혹이다. 고통은 양쪽 모두에게 치명적으로 작용한다. 절개가 굳은 사람은 둘 중 하나의 결과로 이른다. 착하고 수줍어하는 사람은 자신에게 칼을 겨눈다. 그러고는 죽음과 같은 고통 속에서 나머지 삶을 살아간다. 못된 사람의 칼은 상대편을 겨눈다. 끈질긴 스토커들은 이런 종류이다.

변덕스럽고 자유로운 기질의 상대 역시 고통에서 자유롭지 않다. 자신의 지조 없음이 한 사람을 영원한 절망 속에 몰아넣었다는 자책감. 불현듯 새벽에 잠을 깬다. 평생을 가책에 시달린다. 그는 기억한다. 그녀가 눈물로 얘기하던 마지막 말들을. 그녀가 울며 매달렸을 푸른색이 칠해진 주석 전화기를. 그가 선물했던 전화기. 그녀는 시들어 갔다. 지하실에 팽개쳐진 화분의 화초처럼. 지조가 없고 변덕스런 사람들은 대체로 마음 약하고 정이 많다. 굳센 사람들이 아니다. 변덕스러운 망각과 변덕스러운 연민의 교차 속에서 가슴 아파한다.

그러므로 다른 기질의 남녀의 만남은 미스매치이다. 자신이 신실하지 않으면서 신실한 사람을 원한다면 그것은 먼저 허영과 탐욕이고 다음으로 어리석음이다. 이것은 영원한 보살핌의 자신도 없으면서 진돗개를 입양하는 것과 같다. 생각해 보라. 헤어진 과거의 연인이 당신에 대한 추억 때문에 영원히 몰락하기를 바라는가? 눈에 부딪히는 모든 곳, 계절이 주는 모든 변화, 조용히 흐르는 강물, 거칠게 흐르는 폭포 등이 모두 당신을 상기시킨다는 하소연 속에서 행복할 수 있는가? 그 사람의 나머지 삶이 그리움과 때때로의 환멸로 메워진다면 감당하겠는가? 사랑했던 사람이 새로운 사랑을 만나 다시 즐겁고 생기 넘치는 삶을 살아가는 것이 훨씬 좋지 않은가? 서로가 잊을 수 있는 사람인 것이 좋지 않은가? 마음의 상처를 시간으로 씻어내는 것이 좋지 않은가?

잊힌다는 것은 얼마나 좋은 일인가? 무책임이 허용되는 삶을 선택할 노릇이다. 연인들의 속삭임은 연기와 같고, 미래의 계획은 허공에 색칠하기이다. 당신이 도덕적 비난을 받을 이유가 없다. 삶 자체가 잠정적이다. 사랑도 삶의 일부다. 인간의 행위는 실수와 번복으로 점철된다. 이성 간의 만남이 그렇지 않을 것이라고 어떻게 생각할 수 있는가. 얼마든지 잘못된 만남일 수 있다. 이것이 번복될 수 없다고? 상대편이 고집스러운 신실함을 가지고 있기 때문에 새로운 삶이 불가능하다고?

이것은 부당하다. 실수에는 거기에 준하는 대가를 치르면 된다. 이미 치르고 있는 중이다. 자기와 맞지 않는 사람에 대해 느끼는 회의와 절망 속에서 이미 대가를 치르기 시작한다. 좀 더 큰 대가를 치러야 한다. 결단과 실천까지 많은 고통을. 절망적인 상대를 앞에 놓고. 이제 사랑 대신 혐오와 분노를 품고.

　사회에서 신실함은 미덕으로 간주된다. 사회는 보수적이고 관념적이다. 신실함에 대한 사회의 신념은 옳은가? 그것은 일차적인 도덕률인가? 그렇다면 톨레미의 천문학에 계속 신실했어야 했다. 코페르니쿠스를 따른다면 배신인가? 한 번 믿기로 했으면 영원히 믿어야 하는가? 아직도 태양이 지구를 돌아야 하는가? 혜성은 신의 분노 때문이고, 질병은 불길한 정령의 작용으로 간주되어야 하는가?

　신실한 사람들만이 산다면 인류는 아직도 동굴 속에서 산다. 변화는 회의와 변덕에 힘입는다. 만약 한결같음이 전적인 미덕이라면 자유와 변화는 설 자리가 없다. 산은 정靜하고 수는 동動하다. 아름다움은 바위에 의해서 뿐만 아니라 흘러내리는 계곡물에 의해서이다. 바위의 고요와 장엄만 있다면 그것은 더 이상 살아있는 산은 아니다. 거기에는 생명이 깃들지 못한다. 나는 이런 곳에서 살기 싫다.

　사육신의 절개가 부덕한 세조에 대한 도덕적 개가라고? 무엇이 도덕인가? 김종서의 횡포에 왕권이 몰락하는 것이 당시의 도덕인가? 그들은 자신들이 무엇을 위해 싸운다고 생각했는가? 브루투스는 시저를 살해한다. 과거의 공화정 로마에 대한 신실함을 동기로. 그러나 로마는 더 이상 공화제를 유지할 수 없었다. 지배해야 하는 땅이 너무 넓어져 있었고 제정이 아니라면 통치가 불가능했다. 영토가 넓어져 원심력이 증가하면 구심력은 단일한 점을 향해야 하므로. 그러나 어리석은 필부들이 영웅을 살해했다. 신실하고 싶어서.

그런데 정말 신실이 그들 암살 모의의 유일한 동기였을까? 거기에 그러한 도덕적 동기나마 있었을까? 나는 굳은 절개가 의심스럽다. 이들은 혹시 신실이라는 미덕에 대한 자만심에 빠져 있지는 않았을까? 이것은 어느 경우에나 매우 편리한 도덕이다. 신실은 고집스러움이 되었을 때 회의와 사유라는 정신적 긴장에서 우리를 해방시켜주고, 상대편의 부덕을 비난할 수 있는 도덕적 우월감을 부여한다. 그래서 유비와 관우가 칭송되고 조조와 사마염이 비난받는다. 이 기준은 신실함이다. 그것이 굳건한 도덕적 토대를 형성한다. 그러나 이것은 자만이지 도덕이 아니다.

다시 묻는다. 도덕은 무엇인가? 만약 신실함이 우월한 도덕이라면 민중은 귀족들의 도덕적 개가 덕분에 커다란 고통을 겪는다. 헨리 8세는 신실하지 않은 왕이었지만 영국 국민을 위해서는 최고의 정치가였다. 그는 영국에 절대 왕권을 도입했고, 종교개혁을 통해 위선적 교황청과 영국을 분리한다. 대영제국의 기반은 이때 닦아진다. 그는 신실하지 않은 남편이었고, 신실하지 않은 구교도였다. 그러나 토머스 모어는 신실한 구교도였다. 그는 미덕으로 칭송받는다. 그렇지만 그 도덕이 실증적 승리를 거두었다면? 그랬더라면 영국은 아마 독일이나 동유럽의 운명을 겪었을 터이다.

유비는 이미 그 유산이 무의미해진 구태의연한 한(漢)나라의 이념을 되살리려 한다. 그러나 세계는 바뀐다. 민중도 그것을 바라지 않았다. 조조는 어쩌면 신뢰할 수 없는 사람이었다. 좋은 남편이나 좋은 친구가 아니었을지 모른다. 그러나 그는 민중을 위한 좋은 정치가였다. 대륙을 통일하여 전쟁의 고통 속에서 민중을 구한 사람이었으니까.

신실함 자체가 미덕일 수 없다. 그것은 단지 비어있는 상자와 같다. 상자의 가치는 내용물에 달려있다. 좋은 내용이 담겼을 때 가치 있는 상자가 되지만 그렇지 않을 때에는 공간만 차지할 뿐이다. 좋은 신실함이 있을 뿐이고, 나쁜 변덕이 있을 뿐이다. 신실함이 가치를 지니기 위해서는 가치 있는 판단이 선행되어야 한다.

판단의 기준은 '전체와 미래'이다. 대국적인 견지에서 의미 있는 미래를 위한 판단을 선행시키고 거기에서 얻어진 결론에 신실해야 한다. 누가 판단력보다 덕성이 더 중요하다고 하는가? 판단이 결여된 신실은 고집과 어리석음에 지나지 않는다. 곤충의 본능처럼 신실한 것도 없다. 그러나 누구도 곤충에 도덕적 우월을 부여하지는 않는다.

변절이 개인의 이익만을 위한 것일 때 그것은 물론 지독한 악덕이다. 그 변절이 우연히 전체의 이익과 들어맞는다면 커다란 행운이다. 많은 역사상의 인물들이 이렇게 위대할 수 있었다. 누군들 이기심에서 자유로울 수는 없다. 그러나 개인의 이익과 전체의 이익이 충돌했을 때 전체를 희생시킨다면 이제 이것은 비난받아 마땅한 변덕이 된다. 이것은 이중의 악덕이다. 하나는 신실하지 않았다는 악덕이고 다른 하나는 이기적이었다는 악덕이다. 고집스럽고 어리석은 신실에는 변명의 여지라도 있다. 자신은 충실했고 원칙을 존중했다. 희생 가운데 자기만족이나마 있다. 그러나 전체를 희생시킨 변절에는 단 하나의 변명의 여지조차도 없다.

사실 변덕이 언제나 어렵다. 이중으로 어렵다. 좋은 판단을 하기도 어렵고 지녀왔던 신념에서 돌아서기도 어렵다. 그렇기에 성공하면 영웅이 된다. 영웅이 되고 싶은가? 그렇다면 먼저 절개에 보다는 당신의 두뇌에 호소하라. 재승박덕才勝薄德이라고? 나쁘지 않다. 덕승박재라고? 영웅이 될 생각은 말라. 그냥 명령받는 운명으로 평생을 살라. 틀에 박힌 일이 이 사람에게 어울린다. 한 배우자에게 충실하고 최초의 직장에 충실하라. 연금 생활자의 노년이 그에게 어울린다.

재승박덕인 사람은 매우 위험한 사람이다. 그의 재주는 아차 하는 순간 오류를 향한다. 그는 부덕한 사람이므로 그의 행위에는 어떤 안전판도 없다. 이제 한없는 전락과 불행이 따른다. 어쩌면 그는 자신과 주위를 온통 불행하게 만들 수도 있다. 아테네의 알키비아데스가 그랬다. 그는 가혹한 도덕적 비난을 받게 된다. 당연히 받아야 할 비난이다. 그 비난은 그의 사후에까지도 그를 따라다닌다.

사회와 역사는 많은 영웅을 필요로 하지 않는다. 먼저 안전과 현상유지가 중요하다. 수많은 혁명가에게 둘러싸인 사회는 동굴속에 고착된 사회 못지않게 불행한 사회이다. 사회는 자유롭고 개성적인 판단을 해나가고 거기에 입각해서 행동하는, 다시 말하면 사회의 전통과 규준에 대해 신실하지 않은 사람을 매우 불안해한다. 변혁 가운데에 생존을 보증받기란 힘들다. 이것이 사회가 고지식한 사람들, 살던 대로 살고, 생각하던 대로 생각하는 사람들을 신실한 사람이라고 칭찬하는 이유이다. 신실이 도덕적 우월을 확인하는 것은 그것이 삶에 불안을 덜 불러들이기 때문이다.

그러나 끝없는 변혁이 몰락의 위험에 노출된다면 끝없는 정체도 몰락을 예고한다. 유예된 몰락이 양자택일의 모험보다 좋은 것일까? 신실한 사람들은 판단하지 않는다. 몰락할지언정 과거에 충실할 뿐이다. 부부 관계가 결국 파탄에 이르게 되고, 거기에서 어떤 의미도 행복도 찾아지지 않는다 해도, 신실한 사람들은 거기에 매달린다. 왜냐하면 그렇게 서약했으니까. 진돗개가 어떤 부덕한 주인일지라도 그에게 무조건적 충성을 바치듯이.

나는 캐나다에서 한참을 살았다. 개도 키웠다. 타이탄이라는 자못 거창한 이름을 가진 골든 리트리버였다. 사실 그 이름은 그 개가 내게 올 때 이미 지니고 있었다. 그 개의 브리더가 붙여준 이름이었다. 타이탄은 자기 이름에 대한 자격이 있었다. 대인배였다. 너무 대범해서 낯선 사람에게 짓지도 않았다. 자주 씻겨 주기에는 너무 큰 개였다. 내가 게으르기도 했지만. 그 놈은 집 전체에 냄새를 풍기고 털을 날리며 뛰어 다녔다. 토스트엔 그놈 털이 몇 개는 꼭 있었다. 내 집이 개집이었다. 그래도 혼자라는 외로움보단 나았다. 그는 혼자 있는 시간도 잘 견뎠다. 출근할 때 TV만 틀어 놓으면 내가 퇴근할 때에 영접도 안 했다. TV 삼매경에. 우리는 많이 행복했다. 트레킹도, 낚시도, 캠핑도 같이 다녔다. 선창에 내려놓고 몇 시간의 낚시 후에 와도 거기 있었다. 수더분했지만 영리하고 의젓했다.

친구에게 양도하고 귀국했다. 그 개가 중년이었을 때다. 이별이 슬펐지만 불안하진 않았다. 한국에 데려오고 싶은 마음도 있었지만, 그 개에게 외국어를 배우는 고통을 주고 싶지도 않았고 노년을 낯선 곳에서 보내게 하고 싶지도 않았다. 리트리버는 새로운 주인에게 곧 정을 붙이고 전 주인을 잊는다. 사실 그랬다. 1년 후에 만났을 때 나의 그 개는 나를 전혀 기억하지 못했다. 약간의 질투심이 있었지만 얼른 억눌렀다. 얼마나 다행인가. 판단 기준은 하나다. 서로 간의 행복이다. 내가 사랑했던 개가 행복하면 그만이다.

그러므로 한결같은 진돗개가 자신의 절개를 들어 변절을 일삼는 개에 대한 도덕적 우월을 주장할 수는 없다. 살다 보면 외국에 거주해야 할 때도 있고, 피치 못하게 큰 개를 키울 수 없는 주거로 이사 갈 때도 있다. 이때에 진돗개는 주인에게 엄청난 부담이다. 그러나 개는 개다. 그것이 우리 운명을 바꾸지는 못한다. 결국 개를 포기해야 한다. 그러면 그 개는 그때까지의 삶이 전체 삶이 된다. 더 이상의 삶은 없다. 피골이 상접한 길거리의 개가 된다. 이제 그 삶은 죽음과 같다. 그리고 자책감에 시달리는 주인에게 그 개와의 추억은 즐겁게 기억되는 것이 없다.

진돗개를 조심해야 할 이유를 알겠는가. ‘One Man's Woman’이나 ‘One Woman's Man’이 얼마나 무서운 사람인 줄 알겠는가.

나는 개인적으로 이러한 개나 사람들과는 인연을 맺고 싶지 않다. 그것은 동물인 나를 식물로 바꾸는 행위이다. 나는 이미 태곳적에 동물로 분기되어 나온 지조 없는 조상의 지조 없는 후손이다.

One Man's Dog

고통 없고 상처받지 않는 인생이란 없다.

또 고통 없는 인생이 더 좋은 것도 아니고,

'원유회'나 '음악수업'을 보았을 때의 감동은

암울하고 애조 띤 색조에 있고,

모차르트나 바흐의 음악도 단조로의 변조에서

극적 아름다움을 지닌다.

나는 운명이 편안하고 한결같기를 바라지 않는다.

힘든 인생인들 고마운 마음으로 견딜 용기를 바란다.

편한 운명을 바란다고 삶이 항상 편하겠는가.

운명에 대고 무엇을 바라기보다는

내 마음을 다잡으려 애쓴다.

2

빙하기와 요리하기

감당할 수 있는 빙하기인가, 언제 끝날 빙하기인가, 얼마큼 가혹한 빙하기인가. 강력한 적보다 어둠 속에 묻힌 적이 더 무섭다. 공포영화는 귀신의 존재를 어둠 속에 묻는다. 좀비가 정체를 드러내면 덜 무섭다. 그냥 징그러운 정도. 나는 미지의 상황에 부딪혔다. 내가 직면한 상황은 경험한 적이 없는 것이다. 처음 며칠을 두려움에 사로잡혀 얼이 빠져 지냈다. 꿈속에 빠져 있는 것 같고, 안개에 싸여있는 것 같다.

시작은 도마를 피로 물들이는 것이었다. 손톱과 손가락이 같이 베어졌을 때엔 끔찍했다. 생선을 다듬다 구토를 했고 냄비 몇 개를 태워 먹었다. 새빨갛게 달아오른 냄비, 연기로 가득 찬 집, 형언할 수 없는 탄 냄새 ─ 이것들은 초년병의 사기를 꺾어놓기에 충분했다. 때때로 냄비를 태워 먹는다. 물을 부었을 때 폭음과 증기. 방금 터진 화산이다. 그런 커다란 소리는 포 사격을 참관할 때까지 다시없었다. 최초의 증기기관은 경이이다. 이 무서운 폭발에 재갈을 물리다니. 전락한 영웅 이야기에는 감정 이입이라도 있지만, 부엌데기로 전락한 도련님 이야기에는 초라함과 구차스러움만 있다. 그는 그냥 비운의 부엌데기일 뿐이다. 그것이 내 신세다.

이제는, 불행한 사람이란 자신의 행복을 모르는 사람이라는 것도 알게 되었고, 행복한 사람이란 '범사에 감사'하는 사람이라는 것도 깨닫게 되었다. 나의 인생인들 항상 따뜻하고 쉬울 수만은 없는 노릇이다. 많은 사람이 나 정도만 되어도 행운이라고 느낀다. 정말 그렇다. 나는 이제는 운명에 감사한다. 빙하기가 끝났으니까. 철학은 과거와 미래의 불행을 이긴다. 현재의 불행은 철학을 이기지만.

이제야 철이 든 것은 개인적인 문제인지 집단적인 문제인지 잘 모르겠다. 모친은 후자라고 말한다. "너희 집안사람들이 철이 좀 늦게 들더라. 시어머니 말씀이 너희 할아버지도 그랬다 하고, 너희 아버지야 내가 겪었으니까. 바늘구멍만큼이나마 철이 든 것은 마흔 넘어서고, 오십 넘어서야 가장이라는 것을 알더라. 아들 데리고 산 셈이다. 평생 철부지였다. 기저귀 안 간 것만도 감사하다. 네 큰아버지도 그렇고 작은아버지도 그렇다." 4대에 걸친 시댁 사람들을 관찰했다. 관찰 이상이다. 데리고 살았다. 근거가 없지는 않다. 우리 집안사람들은 철들자 늙는 이상한 사람들이고, 내 철도 바늘구멍보다 많이 크지 않다. 아버지가 잘해야 자식도 무시당하지 않는다. 아무튼, 그와 나는 성씨를 공유한다. 모든 악덕은 씨앗의 탓이고, 일말의 미덕은 밭이 훌륭해서다. 조만간 모계사회로 진입하겠다.

내게 곤경이 닥친 것은 대학 입학식을 치른 바로 그 다음 날이었다. 우리 가족은 예고 없이 닥친 이 불운을 얼떨떨하게 맞았다. 아버지가 교통사고를 당하셨다. 어머니는 병간호로 계속 병원에 계셨다. 부부애가 발동됐다. 평소에 금슬이 별로 좋지도 않았는데. 이제 병실에서 싸우려나?

부모가 집에 없게 되었고, 내가 동생들의 뒤치다꺼리를 하게 되었다. 부엌데기 도련님. 고등학생, 중학생, 초등학생. 대학공부를 배우기 전에 살림살이를 배우게 되었고, 볼펜보다는 칼을 더 능숙하게 써야 할 처지가 되었다. 다행히 나는 우아하고 낭만적인 대학생활을 기대하며 고등학교 시절을 보내지는 않았다. 왜 그랬는지 모르겠지만 나는 그저 공부하는 것을 좋아했을 뿐이다. 실제의 삶에 대해선 사는 게 언제고 어디서고 그냥 그럴 거라고 생각했다. 덤덤한 기질 탓이다. 그렇지만 고등학교 시절만도 못한 대학생활이 되리라고는 상상도 안 했다. 운이 모질게도 없었다.

빛도 도통 들지 않고, 다정하게 대화할 상대도 없으면서, 기약 없는 근로와 봉사의 의무밖에 없는 삶. 그러한 종류의 빙하기가 내 인생에 닥쳤다. 어리석게도 인생이 불공평하고 고생이 부당하다고 통탄했다. 편안하고 운 좋은 사람들만 보였다. 그 정도의 어려움 없는 인생은 없다. 그럴 것이다. 그러나 역사는 과거와 비교되어야 한다. 쉽게 살아오고 남의 노동에 얹혀서 살아온 것이 도련님의 한심한 과거였다. 다른 것과 마찬가지로 행불행도 상대적이다.

아직 어리다는 것은 대접받고 보호받아야 한다는 것을 의미하고, 집안에 불운이 닥치면 동생보다도 형이 조금 더 고생스러워진다. 돌이켜 생각하면 별스럽게 어려운 일도 아니었지만, 순식간에 바뀐 생활양식에 적응하는 것이 힘들었고, 이 불안정한 생활이 언제 끝날지 모른다는 두려움이 견디기 어려웠다. 그리고 무엇보다도, 이 생활을 얼마나 버틸 수 있을까 하는 회의가 무서웠다. 내가 굴복하면 누가 동생들을 돌보는가. 나 자신을 신뢰할 수 없었다. 의지력을 검증받을 기회도 없이 살아왔으니까. 많은 밤을 이겨내야 한다는 각오로 지새웠다. 밤이 길다는 걸 그때 처음 알았다.

현실적으로 힘든 것은 막내의 학교 준비물이었고, 도시락이었다. 두 개의 도시락은 헤라클레스의 임무보다 더 크게 느껴진다. 엄청나게 먹는 놈들이고 반찬 투정도 제법 하는 놈들이었으니까.

야심적으로 준비한 도시락에 불평을 할 때는 때려죽이고 싶었다. 나중 시행된 학교급식은 정부가 드물게 한 훌륭한 정책이다. 다행히 정부와 교육부에 바보만 있지 않다. 선정善政이다. 도시락을 싸본 사람은 안다. 그것은 주부에게 큰 압박이다. 도시락을 준비하느니 미적분을 하겠다. 하루 종일이라도 하겠다.

초등학교 1년생이 무엇을 배우는지, 어떻게 배우는지를 잘 알게 되었다. 그 교과 과정들은 지금도 생생하다. 학교 앞의 문방구를 자주 드나들었다. 막내는 도대체 알아보지도 못할 글씨로 준비물들을 띄엄띄엄 적어왔다. 문제는 다행히 문방구에서 해결됐다. 주인장은 미리 알고 있었다. 심지어 막내의 글을 해독도 했다. 신비스런 분이었다. 어린 입학생에게 무엇이 필요한지를 다 알고 있었다. 나는 좀 내성적이고 붙임성이 없었지만, 그 아저씨와 나는 이내 막역한 친구 사이가 되었다. 필요는 발명의 어머니일 뿐만 아니라 우정의 아버지이다.

큰 곤경은 학교 행사였다. 당황스럽고 꺼려졌지만, 내 여동생만 고아를 만들 수는 없었다. 더구나 그 꼬마가 금방이라도 울듯이 내 얼굴을 바라봤다. 둘이서 발을 묶고 달리기도 했고 춤도 췄다. 콧노래를 부르며 좋아하는 동생일지는 몰랐다. 동생은 행복했지만, 담임선생님과 학부형들은 혼란스러워했다. 선생님은 그 다음 날 가정환경 조사서를 보았을 것이다. 다른 학부모들은 "장가를 일찍도 들었나 보다." 했을 것이고.

먼지가 자욱이 끼고 만국기가 초라하게 매달린 운동장, 황금빛의 따가운 햇살, 싸구려 앰프가 증폭한 뻐꾸기 왈츠 — 이러한 것들이 희미하게 남아 있는 그날의 기억 중 하나이다. 나이 들어가며 우리 둘은 다정스럽다. 그날의 기억들 덕분이다. 수십 년 전에 발을 묶고 달렸듯이 이제는 마음을 묶고 살아간다. 내 수고는 작았지만, 그것이 우리 꼬마 아가씨의 마음을 큰 행복으로 채웠다.

내 귀에 남아 있는 웃음소리는 음악보다 아름답다. 아마티^{Amati}도 그런 소리를 내는 악기는 못 만든다. 까르르 거리는 웃음소리. 이 꼬마는 웃음이 헤펐다. 조금만 재미있어도 자지러지게 웃었다. 그 소리는 지금도 들린다. 꼬마는 혀 짧은 소리를 냈다. 알아들으려면 마음을 집중해야 했다. "똘, 라, 띠, 도" 무엇일까? "솔, 라, 시, 도"이다. 선생님은 "떤댕님"이 된다. 세월은 빠르게 흐른다. 그 소리가 미처 사라지기도 전에 동생은 어느새 결혼식장에 서 있었다. 남의 식구가 되었다. 나는 그 힘든 세월 중에 동기간의 애정을 한껏 누렸다. 받는 것으로가 아닌 주는 것으로의 애정을.

동생들 깨우느라고 한바탕 치르고, 정신없이 도시락 싸주고, 학교로 출발할 때에는 머리가 돌 지경이었다. 아침 5시에 기상했다. 학교에 도착하면 하루를 다 산 것 같았다. 그러나 학교에 앉아 있어도 내 머리를 차지하고 있는 것은 막내 걱정이었다. 오후 두

시면 공중전화에 5분씩 매달려서 모든 것을 확인해야 교수님이 무엇을 말하는지가 가까스로 머리에 들어왔다.

수업 끝나면 얼른 귀가해서 장바구니 챙겨 들고 시장 보러 갔다. 엄청나게 먹어댔다. 덤벼들어서 세 놈이 먹어 댈 때엔 젓가락, 숟가락까지 먹어치울 기세였다. 또 제법 반찬 투정도 해댔다. 섭섭해서 눈물이 핑 돌았다. 이 상황에 직면해서 안일해서는 안 됐다. 적극적으로 돌파해야 했다. 청계천으로 나가 요리책을 샀다. 꽤 두꺼운 것으로 골라잡았다. 가격도 제법 비쌌다. 당시에 드문 양장판이었다. 하루 이틀로 부엌 생활이 끝나지는 않을 것 같았다. 그러나 그것이 향후 일 년간의 내 교과서가 될 줄은 당시에 꿈에도 몰랐다. 알았다면 가출했다.

인생살이에서 저절로 배워지는 기예는 없다. 어떤 유인원인가가 본능에 작별을 고하고, 지성에 의지해 삶을 살아가기로 한 순간 그렇게 되었다. 요리는 어려운 기예이다. 칼을 쓴다는 것이 어렵다. 상처가 지금도 내 왼손에 남아 있다. 생선을 다듬는 것도 어려웠고, 간을 맞추기도 어려웠고, 무엇보다 김치 담그는 것이 어려웠다. 초심자들이 저지르는 실수를 나도 다 했다. 그래도 교과서가 많이 도와줬다. 구전과 전승에 비해 문자와 책이 더 좋은 유산이다. 그리고 "배우지 않고 살아가는 것은 어두운 밤에 등불도 없이 걷는 것과 같다."는 어느 성현의 말씀도 체험으로 실감했다. 빠른 속도로 살림살이를 배워나갔다. 제법 능숙해져서 나중에는 동생들도 내가 '밥 주는 사람'이라고 생각할 정도였다.

생각건대, 공부로는 아니었지만, 요리로는 매우 탁월한 학생이었다. 여학생들은 이론은 제법 알고 있는 듯했지만 실제 요리를 생활 삼고 살아온 경험은 없었던 것 같다. 아마 가정시간에 배웠을 것이다. 해보지 않은 기술의 이론만을 말하는 사람을 믿어서는 안 된다. 단체여행을 해 보면 금방 드러난다. 된장국에 마늘을 넣는단다.

내 책은 식용유 튀긴 자국과 김칫국 튀긴 자국으로 친구들의 웃음거리가 되기도 했고, 옷과 머리에서 생선 튀김 냄새를 내면서 눈총을 받기도 했다. 동생들이 임연수어 튀김을 좋아해서 어쩔 수 없었다. 주로 부엌에서 시험공부를 했다. 앞치마가 근무복이었다. 내 노트는 수업 시간의 필기와 저녁의 장거리로 반반씩 차 있었다. 두부 한 모, 자반고등어 한 손, 계란 두 줄, 파 한 단 등. 부엌 냄새가 물씬 나는 학창시절이었다.

한 때는 힘들어서 결혼을 하면 어떨까 하는 생각도 했다. 다른 뜻은 없었다. 나는 좀 늦된 열아홉이었고, 여성에게는 관심이 가지도 않았고 갈 수도 없었던 시절이었다. 나의 상황이라는 것은 나로 하여금, 함께 걷는 연인들보다는 나란히 누워 있는 고등어에 더 많은 관심을 갖게 하는 종류였다. 같은 반 여학생에게 말했다가 우스운 놈 취급받았다. 힘들게 구혼했는데. 소리를 빽 질렀다. "그래서, 지금 결혼하자는 거야?" 순정이 짓밟혔고 그 여학생은 그 후로 나를 피했다. 그 사건은 지금도 동기들 사이에서 화젯거리이다. 그 여학생은 미혼으로 늙어가고 있다. 깨소금 맛이다. 내 가슴의 멍은 그렇게 지워졌다. 엊그제도 다들 모여서 한잔했다. 나의 구혼을 안줏거리로. 나쁜 놈들.

시장 보는 것도 어려움 중 하나였다. 처음에는 얼굴도 못 들고 다녔다. 아줌마들이 자꾸 쳐다봤다. 지금이야 남자들이 마트의 카트를 의연히 몰고 다니지만, 그때엔 남자가 장 보는 것은 우세스러웠다. 그러나 그것도 차차 익숙해졌다. 사람은 어디에든 익숙해지기 마련이다. '좋은 식탁은 좋은 장보기에서 시작한다'는 것이 나름의 금언이 되었다. 경험으로 배웠다. 모든 것이 동일한데 맛의 차이가 있다면 그것은 재료의 차이이다. 재료가 싱싱하고 좋은 것이 아닌 한 아무리 손재주를 부려도 소용없다.

재료와 요리사의 관계는 악기와 연주자의 관계와 같아서, 뛰어난 연주자라도 악기가 형편없으면 곤혹스럽다. 최선의 음악적 재현은 불가능하다. 재료가 좋지 않으면 요리사가 발군이라도 소용없다. 물론 그 한도 내에서 최선의 가능성을 실현하기는 하겠지만. 반면에 재료만 좋다면 적당히 해도 그럭저럭 먹을 수 있다. 질

좋은 배추라면 거기에 젓갈만 넣어도 먹을 수 있다. 그러니 모든 연주자가 스타인웨이나 스트라디바리우스를 원한다. 가끔 같잖은 연주자들이 과분한 악기를 원하기도 한다. 그러나 이 경우에는 솜씨가 문제 된다. 솜씨는 요리책이 해결했고 나는 좋은 재료만 구하면 됐다.

좋은 재료를 구하는 것은 경험과 날카로운 감각이다. 야채는 풀이 죽어 있으면 안 되고 빛을 잃은 것이면 먹을 수 없을 정도로 쓸모없는 것이다. 팽팽하고 물기를 많이 머금은 것이 좋다. 생선 고르기는 좀 더 까다로운 문제이다. 쓸 수 있는 감각을 다 써야 한다. 눈이 맑고, 아가미가 선명하고, 살이 단단하고, 냄새가 나지 않아야 한다. 눌렀을 때 복원력 좋은 물고기가 상급이다. 젊은 아가씨의 피부처럼 팽팽해야 한다. 육류는 신뢰에 입각해서 평소에 좋은 고기를 공급하는 정육점을 믿는 것이 좋다. 대체로 각 정육점의 공급처는 고정되어 있다.

6개월쯤 장을 보러 다닌 후에는 이제 능란한 주부가 되어 배추의 질을 놓고 야채 아줌마와 전문가적 토론을 벌일 정도가 되었다. 그리고 나는 알고 있다. 당시에 내가 시장 아줌마들 사이에서 불쌍한 총각으로 통했다는 것을. 그렇지 않다면 왜 부당하게 나에게만 오이 하나를 더 주고 스스로 커다란 놈으로 골라주고 한단 말인가. 심지어는 붙잡고 요리강의까지 해 주고. 사정을 묻는 노골적인 아줌마도 있었지만 나는 입을 꾹 다물고 아무 말도 하지 않았다. 원래 사적 호기심을 누를 줄 아는 것이 품위다. 어디에나 품위 없는 사람이 있듯이, 시장에도 격이 떨어지는 사람이 있다. 사적인 건 당사자가 말하지 않는 한 호기심조차 품지 말아야 한다. 그것이 격조이다. 나는 뻔뻔하게 들이대는 호기심에 넌더리가 났다.

'사람은 누구나 자신을 불쌍히 여긴다'고 하지만 나 자신이 초라하단 생각이 때때로 들곤 했다. 그리고 반쯤은 얼이 빠져 살았다. 또 바빠야 한다는 생각도 들었고. 그래야 내 신세도 잊을 수 있고 미래의 불안도 잊을 수 있었다.

동생들은 키도 커 갔고 철도 조금씩 들어갔다. 둘째는 대학도 무사히 갔고 셋째는 일 년에 5㎝나 자랐다. 그리고 온순하고 예뻤던 나의 막냇동생! 걔는 이를테면 별책부록이었다. 오빠들에게 매달려 있던 그 꼬마도 이제는 공부 빼고는 무엇이든 잘할 수 있게 되었다. 벌써 심부름을 야무지게 해주었고 나의 부엌 동반자 노릇도 해 주었다. 두 남동생은 공부 때문에 정신이 없었고 결국 서로 친구가 된 것은 첫째와 넷째였다. 잘 웃는 그 꼬마 아가씨의 환한 분위기는 내 마음을 행복으로 채워주기 충분했고, 고달픔을 잊게도 했다.

우리는 부엌에 쪼그리고 앉아 있었다. 학교 얘기를 하면서. 꼬마는 내 얘기에 숨넘어가게 웃어댔다. 주로 교수 흉내를 냈다. 꼬마도 무슨 얘긴가를 했다. 주로 아이들과 '담임 떤냉님' 얘기. 그 놀변. 나는 연민과 기쁨이 뒤섞인 복잡한 마음으로 막내를 바라봤다. 아이에게는 부모가 필요했다. 오빠라 한들 그 결여를 메꿀 수는 없다. 그 꼬마는 말만 어눌했다. 슬프지 않으려 의연함을 가장했으니까. 나는, 그날들을 나 이상으로 선명히 기억하는 동생의 기억력에 놀란다. 기억은 머리보다는 마음의 문제다. 뇌는 기억을 선명하게 할 뿐이다. 기억은 우리 영혼 전체와 함께한다. 우리란 우리 기억 외에 아무것도 아니다. 그리고 그 기억은 머리의 문제가 아니라 모든 육체의 문제이다. 그것은 소묘가 아니라 채색이다. 우리 마음속을 부유하다가 과거의 어느 순간이 안개처럼 피어오른다. 그때에 비로소 과거는 박진적이다. 소묘가 채색으로 덮일 때. 기억은 선명함이 아니라 풍부함이다. 뇌가 의식의 근원일까? 소묘가 전체 회화인가? 뇌가 무의식에 덮이는 꿈같은 순간에 우리는 우리 자신이 된다. 우리 눈길이 모네의 그것이 되었을 때. 어떤 때는 그날들이 그립다. 그날 중 하루만 되돌릴 수 있다면 오늘의 한 주와도 바꾸겠다.

이렇게 일 년이 흘러갔다. 그리고 불현듯, 막막했던 미래에 빛이 비췄다. 부모님이 마침내 왔다. '돌아온 탕자'도 이렇게 반갑지는 않았다. 틀림없다. 렘브란트에는 이런 환희는 없다. 먼저 미팅 주선을 부탁했고, 다음으로 어머니와 같이 시장에 갔다. 나도 고아는 아니라는 사실을 보였고, 어머니가 무책임한 사람도 아니라는 사실도 입증했다. 많이들 놀랬다. 한 번 고아는 영원한 고아라고 생각했을 테니까. 저 총각이 어디서 어머니를 얻어 왔다고 생각했겠지. 다음 일 년 동안에 셋째는 2cm밖에 더 자라지 않았다는 사실도 덧붙이겠다. 나는 과거의 도련님으로 돌아갔다는 사실도.

총각 가장의 경험은 모르는 채로 평생을 살았을 몇 가지 사실을 가르쳤다. 우리의 식습관이 바쁜 사람들에게는 불편하고, 비효율적이고, 사치스럽다. 준비하는 데 손이 많이 가고 조리하는 데 시간도 많이 걸린다. 향신료와 양념도 많이 쓴다. 덕분에 혀가 민감해져서 까다로운 입맛을 지니게 된다. 쇠고기를 우리처럼 얇게 저며서 양념이 많이 스미게 하는 음식문화를 가진 나라가 또 있을까. 거기다 치우고 설거지하고 쓰레기 처리하는 일도 어렵다. 그릇이 너무 많고 또 음식이 대부분 물기가 많다.

우리의 음식 문화가 최고라고 주장하는 '우리 것 주의자'는 먼저 부엌일을 좀 해보기 바란다. 한 일 년쯤 직장 다니랴 살림하랴 바빠 보면 자신의 자랑을 위해 얼마나 많이 남의 노동을 사용했는지 알게 된다. 여성들이 어떤 사회적 일을 하게 되면 남자들도 동일하게 집안일을 책임져야 한다. 이것은 인간적인 공평성뿐만 아니라 우리 살림살이의 유난한 어려움 때문이다.

먹는다는 것은 먼저 소비할 에너지를 섭취하는 것이다. 인간이란 존재는 매우 정묘하게도 영양으로부터 '미식'의 개념을 떼어낸다. 그러나 이 미식을 위해, 다른 좀 더 멋진 일에 쓰일 수 있는 노동이 그렇게 많이 든다면 차라리 미식이란 것이 없는 편이 낫겠다. 나는 까다롭고 정교한 혀를 지니고는, 맛있는 것을 찾아서 어디라도 찾아다니는 사람들을, 그리고 맛있는 것을 먹는다는 것에 많은 돈과 의미를 부여하는 사람들을 솔직히 이해할 수 없다.

'까다로움' 자체가 악덕은 아니다. 까다로운 도덕기준이나 까다로운 심미적 취미를 가진 사람들은 바람직하다. 그러한 사람들은 부패한 관료도 참아내지 않고, 쓰레기 같은 문화도 거부한다. 그러나 어떤 것이 의미 있는 문화인지 어떤 것이 그렇지 않은지에 대해서는 완전한 무차별적 몰취미를 지니고 있으면서, 혹은 도대체 무엇이든 간에 모든 문화에 대해서는 일말의 관심조차 없으면서, 음식에 대해서만 유난한 선택적 까다로움을 지닌 사람들의 운명이란 어디서도 존중받지 못하는 불편한 에피큐리언에 지나지 않게 된다.

다른 모든 조건이 같을 때에는 조리사는 맛있게 조리하려 애써야 한다. 그러나 맛을 위해 다른 것이 희생된다면 한심할 뿐만 아니라 부도덕하다. 고대의 현자가 '시라큐사의 식탁'이라고 빈정 거리는 그 부도덕. 오히려 구내식당에서, 싸구려 음식이라도 황소 처럼 씩씩거리며 먹는 학생들이 생명력과 건강함을 보여 준다. 그 것은 삶의 긍정이다.

맛은 주관적이다. 현대철학이 관심을 인식대상에서 인식주관 으로 후퇴시켰을 때 새롭고 세련된 인식론이 가능해졌듯이, 미식 의 문제를 우리 소박함과 식욕으로 돌리면 삶의 즐거움과 건강이 얻어진다. 이것은 심지어 윤리적이기도 하다. 굶는 사람들이 있 다는 것을 생각할 노릇이다. 맛있는 음식에 대한 욕구는 충족에서 올 수도 있지만 굶는 데서도 온다. 두 끼쯤 굶으면 밥이 달콤해지 고 간장이 향긋해진다. 모든 것은 우리에게 달려있다. 죽음조차도 죽음의 감각일 뿐이다.

이 노역으로부터 배운 세 번째 교훈은 자못 인생론적인 것이 다. 어려운 시기를 이겨 나가는 내 나름의 요령을 익히게 되었다. 그것은 별게 아니다. 그냥 "버틴다." 불운을 이겨 내는 것은 분별 이라기보다는 죽지 못하는 생물적 본능이다. 죽을 것이 아니라면 버티어 보는 수밖에 없지 않은가. "이것도 다 흘러갈 뿐"이라는 마음으로 지내다 보면 도저히 끝날 것 같지 않던 어려운 시기도 어느덧 지나간다. 마음조차 패배하지 않는 것이 중요하다. 운명에 닥쳐드는 불운이야 어쩔 수 없지만, 자신의 기개氣概는 어찌해 볼수 있는 것이고, 자신 있고 확고한 태도로 고생을 버텨내면 결국은 이겨내게 된다. 그러나 마음이 굴복하게 되면 불운으로부터는 아무것도 배우지 못하면서 공포에 떠는 피폐해진 영혼만이 남게된다.

이 최초의 빙하기를 통해 나는 낙천적으로 사는 법도 배웠고, '범사에 감사하는' 법도 익혔다. 이러한 식으로 어려움을 이겨나가면 나중에 다른 어려움에 부딪힌다 해도 그것은 새로 연습해야 하는 낯선 것은 아니다. 나의 인생의 어느 한구석엔가 그와 비슷한 주제가 숨어 있을 것이고 그 극복의 과거를 되살리면 한결 도움이된다. 이렇게 보면 모든 어려움은 결국 '주제와 변주'이다.

그러나 비관적이고 위축된 마음으로 고생을 겪게 되면 그것은 잊어버리고 싶은 과거가 되고, 또 잊고 싶은 것은 결국 잊는다. 이럴 때 새로운 불운은 새로운 어려움을 조성한다. 매번 새로운 주제에 새롭게 부딪히게 된다.

이렇게 해서 나의 첫 번째 빙하기가 끝났고 그 고초는 요리 실력을 유산으로 남겨주었다. 할 수 없어서 안 하는 것과 하지는 않지만 할 수 있는 것의 차이는 크다. 행동주의 철학자들은 반대하겠지만. 사회학적으로야 행동주의자들이 맞겠지만 나는 내적 만족감에 대해 말하고 있다. 밖으로 드러나는 결과는 같다고 해도 내적 자신감의 차이는 같지 않다. 언제라도 필요하다면 밥 지어 먹는 것이 가능하다는 것은 상대적인 자신감을 주고, 부엌에서 발생하는 화학적 작업이 더 이상 알 수 없는 신비이기를 그친다는 것은 배움의 결과를 누린다는 만족감을 준다. 그리고 자신의 가족적이고 사회적인 삶의 기본적인 메커니즘 중 중요한 하나를 이해하고 산다는 것은 작은 일이 아니다. 이런 것을 고려해본다면, 부엌일을 해보지 않은 여성등권주의자는 믿지 못할 사람들이다. 창조의 경험이 없는 비평가들을 믿지 못하고 실제의 예술을 사랑하지 않는 미학자들을 믿지 못하는 것과 똑같이.

물론 경험하지 않아도 될 일이 있고, 하고자 해도 경험할 수 없는 일도 있고, 경험할 필요가 없는 일도 있다. 그러나 부엌일은 이 셋 중 어디에도 해당 없다. 더하여 그 일은 남의 일이 아니다. 자기 자신이 소비하는 것이니 자기 노동으로 해야 한다. 맞벌이를 하는 나의 한 지인이 "나도 집사람을 많이 돕고 산다."고 위풍당당하게 말한다. 직장일과 살림살이와 아이들 보살피는 일 모두가 그의 아내가 당연히 치러야 하는 노역이고, 황제 폐하이신 남편은 가끔씩 몸을 낮추어 자비심을 보여준다. 그러니 자기는 엄청나게 관대한 계몽군주이다. 아내에 대한 이 정도의 호의가 자랑거리인 곳이 한국 사회이다.

생각건대, 부부가 대등하게 사회적 일을 할 때에는 집안일은 오히려 힘센 남자의 의무가 되어야 하고 여성들이 돕는 입장에 있어야 할 것 같다. 부당하게도, 정의와 공평은 전통에 부딪히면 무력하기만 하다. 민족주의자들은 제발 가려가며 자기 이념을 주장하기 바란다. 우리 전통 중에는 확실히 차별적 측면이 있다. 남녀의 조화나 음양의 조화 따위의 변설로 합리화되지만. 어떤 조화가 한 쪽에 뼛골 빠지는 노역을 부과하는가. 음양의 조화건 양음의 조화건.

그 이후로, 군 복무 시절에 가끔씩 부엌일을 했다. 내가 취사병이어서가 아니고 — 지원했지만 떨어졌다 — 취사병이 휴가 갈 때마다 파견 근무를 나갔다. 사실 행정직보다는 나았다. 참모부 사병 누구도 부엌일을 할 줄 모르니 내 몫이었다. 내가 조리를 하면 모든 사병이 좋아했다. 교과서로 배운 정통적인 솜씨니까. 그것도 일 년씩이나. 다른 중대는 일 년이 다 가도록 취사병을 휴가 보내지 못 하는 일이 왕왕 있었지만 우리 취사병은 정기적으로 갈 수 있었다. 힘든 것은 겨울 취사였다. 모든 것이 얼어 있으니 생선이나 채소를 다듬기가 어려웠다. 손등이 터지고 수면도 5시간 이상을 취하지 못한다. 예열을 시켜야 하니까. 그래도 괜찮았다. 밥솥 위에 걸터앉아 졸 수도 있고 또 내가 좋아하는 일을 하고 있으니까. 사실 행정직보다는 낫다는 생각이 들었다. 내 솜씨도 녹슬지 않게 보존할 수 있고. 가끔 고춧가루가 묻은 군사우편이 어머니를 놀라게 했지만.

모든 군인이 다 그렇듯이 나도 제대를 간절히 기다렸다. 그리고 많은 계획으로 제대 후의 인생을 설계했다. 나의 인생의 가장 추운 시절이 바야흐로 시작되려 하는 것은 전혀 예측하지 못했다. 끔찍하다고 기억되는 힘든 세월이.

제대한 후에 2차 빙하기가 찾아왔다. 그것은 최악의 빙하기였다. 아마도 작은 포유류 빼고는 모두 멸종할 정도로. 십수 년의 세월을 혼자 지내게 되었다. 해야 할 일은 많고 시간은 부족한 하루하루였다. 그러나 나 자신이 원했던 것이니 누구도 원망할 수 없었다. 이겨내야 한다는 각오만으로 아슬아슬하게 버텨나갔다. 사흘에 10시간의 수면을 취하지 못하는 것은 보통이었고, 누워 자기보다는 앉아서 자는 날이 더 많은 달도 자주 있었다. 이러한 것들은 다 괜찮았다. 육체적 고달픔은 정신적 만족감으로 보상받았고, 가난은 자부심으로 보상받았으니까. 그러나 외로움은 문제가 달랐다.

아는 사람도 대화할 사람도 없는 곳에서 수년간을 빈방으로 들어가는 것은 끔찍한 경험이다. 전화도 TV도 없이 지내며. 말이 없는 편이었던 나는 점점 더 침묵 속으로 빠져들었고 혼잣말하는 섬뜩한 습관도 생겨났다. 나는 그 시절에 무의미와 고통만 있었다고 말하지 않는다. 오히려 보람되고 희망적인 날들이었다. 무엇인가 이룰 수 있다고 믿었던 나의 '수업시대'였다. 외로웠기 때문에 많은 것들을 할 수 있었다. 그러나 나를 고통스럽게 한 것도 그 외로움이었다.

어두워져서 방으로 향할 때에는 내 마음에 일어나는 외로움의 감정이 나를 삼킬 듯한 때가 한두 번이 아니었다. 외로움은 새벽녘의 안개여서, 갑자기 나타나는 것은 아니지만 모르는 사이에 나타나서, 모든 것을 감싸고 순식간에 압도해버린다. 태연하게 잘 지내다가도 어느 순간 이러한 안개에 휩싸이면 삶 전체가 질식할 것 같은 무의미로 꽉 찬다. 예고 없이 닥쳐드는 외로움. 그것의 엄습 없이 지낼 수 있기를 얼마나 바랐는지. 그러나 보름을 버티기가 힘들었고 이제 하나의 방법밖에는 안 남는다. 정신의 명석성을 육체의 피로로 억누른다.

얼른 목로주점으로 들어간다. 단숨에 압생트 한 컵을 들이붓는다. 목구멍이 타는 듯. 정신이 멍멍해진다. 준비됐다. 몇 시간이고 길거리를 방황한다. 최대한 빠른 속도로. 바싹 마른 젊은이가 그 도시를 유령처럼 배회한다. 그 광경이 지금도 가끔 꿈으로 재현된다. 먼동이 트게 되면 어쨌든 또 보름쯤은 아무렇지 않게 살아가게 된다.

이러한 밤에는 방으로 들어가면 안 된다. 삶이 무의미로 물들면 모든 것이 죽는다. 사랑했던 '노인의 초상'도 지쳐서 넋을 잃은 늙은 사람이 될 뿐이고, 침대도 침낭도 책상도 책들도 시체로서 나를 맞는다. 이러한 죽음의 세계에 둘러싸이면, 모든 사람이 다정한 사람들과 어울려 잘 살아나가지만 나만 고도孤島로 유배되어 버림받은 느낌이 든다. 나만 행성의 궤도에서 이탈했다. 길을 잃은 행성이 되었다. 누구도 내게 관심 없다. 나의 존재는 의식되지 못한다.

마음의 슬픔은 과장되고 기대되는 미래는 하등의 가치도 지니지 못한다. 신경은 칼끝처럼 곤두서고 의욕은 완전히 사라진다. 엄청난 양의 싸구려 독주를 마시고 그 다음 날까지도 엉망이 된다. 알코올 중독이 두려웠고 차라리 걸으면서 밤을 새우는 대안을 택했다.

대안은 없었고 나의 정신과 육체가 좀 더 버텨주기만을 바랄 뿐이었다. 이때 나의 2기 '요리하기'가 시작되려 하고 있었다. 혼자 지내면 먹는 것이 엉망이 된다. 바쁘기까지 하면 먹는 둥 마는 둥이다. 어느 밤엔가 맛있는 냄새가 나는 식당을 지나는 중에 그 냄새가 어떤 재료와 향신료로부터 나오는 것인지를 '분석적'으로 알 수 있었고 나도 만들어 먹을 수 있겠다는 생각이 들었다. 비까지 내리고 있었고. 그날 밤의 방황을 슈퍼마켓에서 끝내게 되었고 귀에 헤드폰을 꽂은 채로 사흘 치의 식단을 짜고 요리하기에 '돌입'했다. 그리고 곧 열중하게 되었다. 그 밤의 기억은 아직도 선명하다. 식욕도 못 느끼고 피로에 지쳐 살아가던 날들이었다. 어떤 계기가 음식 냄새를 맛있게 느끼게 했을까?

어떤 것들이 인생의 달콤함일까? 여행, 낚시, 골프, 혹은 운동? '요리하기'를 권하겠다. 이것처럼 쉽고 즐겁고 한가로우면서도 자못 운동이 되는 것은 없다. 물론 힘에 겨운 과도함이 없을 때에. 힘에 겹다면 어느 것인들 즐겁겠는가. 요리사들에게는 요리가 기분전환은 아닐 터이다. 당신이 등산을 좋아한다고 해도 그것이 끝없이 계속되는 노역이라면 죽기보다 싫은 노역이다. '요리하기'도 마찬가지이다. 그것이 적절한 것일 때에는, 한편으로 휴식을 취하며 다른 한편으로는 상상력과 창조력의 다양한 발현을 시험해볼 수 있다. 그리고 그 과정 중에 따분한 부분이 있다면 음악을 들을 수도 있고 흥겨운 백일몽에 잠길 수도 있다.

나의 요리는 '화성학'적이고 '대위법'적인 요소를 갖게 되었고, 나의 백일몽은 나를 호사스런 호텔의 탁월한 주방장을 만들어 주기에 바빴다. 지금까지도 스파게티 냄새는 베토벤을 상기시키고 그 역逆도 참이다.

모든 것이 권태롭고 마음이 쓸쓸해져서 완전히 의기소침해진다 해도 요리를 하다 보면 그럭저럭 잊을 수가 있고 다른 잡념을 밀어낼 수 있다. 요리 역시도 다른 문화 구조물과 마찬가지로 주의 깊은 통찰력과 대담한 상상적 비약이 요구된다. 기초는 교과서에 있다 해도 스스로의 독자적인 호기심도 중요하다. 그림 그리는 것과 같아서 기본은 대상의 고전적 재현에 있지만 걸작은 이론을 뛰어넘는 어딘가에 있다. 걸작은 아카데미시즘을 창조적으로 무너뜨리는 데에 있다. 이렇게 나는, 먹지 못할 음식도 만들고, 정체불명의 음식도 만들고, 멋진 음식도 만들고 하면서 실력을 닦아나갔다.

문화적 업적은 의외로 전문가적 능란함보다는 아마추어적인 호기심과 사랑에 빚지는 경우가 많다. 전문가란, 그것으로 밥 벌어먹는 사람이고 정해진 일을 효율적으로 해치우는 사람이다. 이런 의미로 보면 전문가란 구태의연한 사람이다. 그들은 자기 노동이 행사되는 이론적 틀을 벗어나지 못한다. 그들은 새로운 것을 받아들이지 않는다. 새로움은 언제나 '이론'을 부순다. 전문가는 자기들의 이론이 붕괴되기 때문에 그러한 파격을 거부한다. 개선과 혁신은 가장 먼저 '전문가 집단'의 반대에 부딪힌다. 전문가란 기계와 같아서 틀에 박힌 일은 능숙하게 해치운다. 평생 그 일만하며 먹고 사니까. 그러나 약간의 변주만 가해져도 속수무책이 된다. 기계가 창조적 대응은 못 한다. 인간 사회의 곤충 집단이라고

나 할까.

반대로 아마추어란 그 어원이 보여주는 바와 같이 그 일을 '사랑하는' 사람이다. 그것이 자기의 직업도 아니고 자기가 일가견을 가져야 할 어떤 것도 아니지만 단순히 좋아하기 때문에 하는 것이고 그렇기 때문에 대담해질 수도 있고 자기 상상을 끝까지 밀고 나갈 수 있게 된다. 물론 그들의 직업은 다른 종류이다. 그렇기 때문에 어설프다. 그렇지만 창조적 상황에 유연하다. 그들은 그것으로 먹고살지 않으니까 고집스럽게 자신을 주장할 이유가 없다. 이들은 전문가 집단의 말라비틀어진 이론적 틀을 고집하지 않는다. 단지 상상력과 호기심만이 이들의 무기이다. 슐리만은 유아적 상상을 끝까지 밀고 나간다. 그는 성공한다.

문화와 아마추어의 관계는 여기에 그치지 않는다. 문화 구조물의 기원 자체가 아마추어로부터이다. 문화의 발생은 그 실천적 효용과 뗄 수 없다. 깊은 산중의 동굴 속에 그려진 그림들은, 시간의 아득함과 솜씨의 탁월함의 대비가 아무리 알 수 없는 신비감을 준다 해도, 그리고 그 장본인들의 희망과 공포가 우리의 것과 많이 다르다 해도, 결국은 총체로서의 자연에 대한 그들의 지적합의이고, 그들 영향력의 희망 이외에 아무것도 아니다. 인간 삶과 죽음의 해명자이고 자연의 여러 신비로움에 대한 해명자인 종교와 철학 역시도 그 기원은 자연세계에 대한 그들 나름의 해명이었다.

　이것들의 존재의의는 모두 생존이다. 생존과 관련한 일은 언제나 전문가 집단에 속한다. 그러나 알 수 없는 마음속의 요구와 즐거움 때문에 그러한 것들을 그 실제적 효용으로부터 분리해 내는 사람들은 직업적인 동굴 화가도 아니고 직업적인 주술사도 아닌 다른 사람들이다. 우상 파괴의 오랜 우행과 잔인은 이러한 아마추어들의 불경에 대한 직업 사제들의 박해거나 박해의 조장이었다. 그렇다고 해도, 이 형식과 내용의 분리는 결국 진행되는 것이고, 그림은 단지 아름다움만을 위한 것이 되고 주술은 철학과 과학을 독립시켜주어야 한다.

　나의 '제2 요리기'는 이러한 요리의 '자율 형식' 시대였다. 필요와 요구에 쫓겨 가며 허겁지겁하던 1기와는 달리, 먹을 사람은 나밖에 없었고, 사용할 수 있는 시간은 하룻밤이나 됐다. 나는 '요리를 위한 요리'의 단계에 진입했다. 같은 비용과 수고라면 나머지 요소는 영양과 맛이다. 프렌치프라이와 관련해서도 열 가지 조리법을 발견했다. 생감자로 하기, 삶은 감자로 하기, 삶은 냉동감자로 하기, 소금물에 5분간 담가 두었다 하기, 얼려서 하기 등등.

　맛있는 프렌치프라이 조리법을 하나 가르쳐 주겠다. 이것을 아는 사람은 당신과 나밖에 없다. 감자를 작은 깍두기 크기로 썰고 약간 짠맛이 나는 소금물에 5분간 담가 둔다. 더 이상 담가 두면 튀겨냈을 때 딱딱해지고 즙이 없어진다. 건져내어 10분간 체에 밭쳐둔다. 150℃ 정도 되는 기름에 집어넣고 최초 5분간은 뚜껑을 닫고 나중 10분간은 뚜껑을 열고 튀긴다. 케첩과 같이 먹는다.

주의할 첫 번째 점은 그 감자의 생산지가 어디인가를 알아보는 것이고, 두 번째 점은 기름의 온도를 150℃ 정도로 꾸준히 유지하는 것이다. 그리고 요리 시간을 정확히 하는 것이다. 나는 감자가 익는 동안 라틴어 동사 변화를 외우곤 했다. 가끔 태워 먹었다. 그러므로 감자를 튀길 때에는 거기에만 집중하길 권하겠다.

감자의 생산지가 북아메리카라면 소금물에 7분 정도 담근 다음 10분간 뚜껑을 닫고 10분간 뚜껑을 열고 튀겨야 한다. 아메리카의 감자는 유럽이나 아시아 감자보다 전분의 밀도가 높고 딱딱하다. 보통 아시아의 감자는 3개월이면 수확하지만 북아메리카 감자는 4개월 걸린다. 아마도 상대적으로 봄 온도가 낮기 때문일 것이다. 그리고 가능하다면 팜유를 사용하는 것이 좋다. 물론 마가린이나 버터를 사용하면 더욱 맛이 좋지만 열량이 높아지고 또 식으면 맛이 현저히 떨어질 뿐 아니라 값도 너무 비싸서 '비용 등가의 원칙'에 어긋난다. 팜유가 그 중 가장 좋은 맛을 내면서 상대적으로 저렴한 식용유이다. 물론 포화지방산이 문제 된다면 팜유도 피해야 한다. 그때에는 해바라기유나 포도씨유가 좋다.

만약 당신이 "나는 높은 비용이 들더라도 맛있는 것에는 못 참는 사람이다. 평생 책을 사지는 않을지언정 맛있는 것은 모두 먹고 싶다."라고 말한다면 올리브유를 권한다. 올리브유로는 바삭거리는 맛을 내기 힘들지만 특유의 향기를 낼 수 있다. 그러나 기억해 두기 바란다. 실제로 올리브유로 튀긴 프렌치프라이를 먹는다면 나는 당신에게 '돌을 던질 것'이라는 사실을.

이러한 식으로, '요리를 위한 요리'의 시대는 나로 하여금 온갖 실험적 시도를 하게 했고, 많은 실패와 놀라운 성공을 번갈아 가져다주었다. 그리고 무엇보다도, 어려운 시간을 이겨내는 좋은 취미를 주었다. 나의 어린 시절의 일 년간의 노역은 이렇게 보답을 받았고 나를 '야채와 생선과 육류와 불'의 과학에 능란한 사람으로 이끌었다. 그리고 삶을 풍요롭게 만들었다. 마치 고딕 예술이 지오토의 벽화로 바뀌듯이, 그리고 그레고리안 성가가 다성 음악으로 진행하듯이.

나의 요리 솜씨와 음식에 대한 식견을 사람들은 모른다. 특히 주부들에게는 감춘다. 이는 많은 여성들을 당황케 하고 때때로는 자기 존재의의에 심각한 회의까지 품게 만든다. 나는 그저 다른 사람이 조리한 음식은 무조건 맛있게 먹으려고 애쓴다. 누군들 맛있게 만들려고 노력하지 않겠는가. 솜씨가 그것밖에 안 되는데 그

것을 탓해 무엇하겠는가. 나는 그 노역을 안다. 그 고마움도 아는 사람이고 조리사의 마음까지도 이해한다. 장점을 사주고 치켜 주어야지 단점을 꼬집어 무엇하겠는가. 그러니 언제나 "아, 이것은 정말이지 대단한 솜씨인데요. 식당이라도 하실 수 있겠습니다." 한다.

사실 음식솜씨와 관련해서는 여성들이 의외로 예민하다. 운동신경이 둔하다거나 지적소양이 부족하다는 사실에는 웃고 넘어가는 여성도 음식 솜씨가 의심받으면 발끈한다. 모든 기예에는 적성이 따로 있듯이 음식에도 타고난 능력이 없는 사람이 있다. 무엇이 문제인가? 다른 잘하는 분야가 있지 않은가. 그럼에도 음식솜씨의 지적에는 발끈한다. "그만하면 됐지 뭐." 하면서.

서양사에 있어 대단한 식견을 가진 여성분의 초대에 응한 적이 있다. 한참을 기다려야 했다. 이미 집은 온갖 음식 냄새로 차있었다. 그러나 식탁 위에는 다섯 개의 반찬만 올라왔다. 그나마세 개는 김치 A, 김치 B, 김치 C였다. 나는 그 후로 종종 약 올렸다. "선생님, 실망했어요. 저는 냄새로 미뤄 일곱 개는 기대했어요." 그분은 얼굴을 붉히며 발끈한다. "아니, 식사가 그만하면 됐지, 뭐." 매섭고 날카롭게 노려보며 소리 지른다.

먹는 것과 관련된 사람들에게는 무조건 잘 보여야 한다. 조리사의 권력은 생각보다 크다. 비위를 건드렸다가는 성의 있는 밥

한 그릇 못 얻어먹는다. 구내식당 아주머니나 하숙집 아주머니에게는 당신의 상관에게보다 적어도 탄젠트 5도 이상 더 허리를 굽혀야 한다. 먹는 거로 차별받으면 서럽다.

지금도 부엌일을 많이 한다. "내게도 육체노동이 필요하니까." 하는 핑계로. 즐거움을 은밀히 맛본다. 사실 어제도 깍두기를 담갔다. 좋은 새우젓을 발견했고 떡 본 김에 제사지냈다. 부엌일에는 창조의 기쁨도 있고 청결의 기쁨도 있다. 요리와 설거지가 그렇다. 이것은 비밀이다. 여자가 해야 할 일을 좋아하는 이상한 사람이라는 한국적 편견에 시달릴 것이고 또 그 일만은 독점적으로 나의 일이라는 자부심을 지닌 여성에게는 위협적인 사람이 된다. 잘못하면 미움도 받는다.

이렇게 해서 나는, 우리 인류의 최초의 조상들이 그러했던 것처럼 여러 빙하기를 이겨냈고 현재의 인류가 그렇듯이 개인적인 간빙기에 있다. 고맙게도 '요리하기'는 나의 춥고 긴 겨울 길에 많은 도움을 주었다. 요리가 없었더라면 많이 절망했겠다. 언젠가는 '여가 선용으로서의 요리'라는 요리책을 하나 내고 싶다. 혹은 '삶과 운명과 요리하기'라는.

고통 없고 상처받지 않는 인생이란 없다. 또 고통 없는 인생이 더 좋은 것도 아니고. '원유회'나 '음악수업'을 보았을 때의 감동은

암울하고 애조 띤 색조에 있고, 모차르트나 바흐의 음악도 단조로의 변조에서 극적 아름다움을 지닌다. 나는 운명이 편안하고 한결같기를 바라지 않는다. 힘든 인생인들 고마운 마음으로 견딜 용기를 바란다. 편한 운명을 바란다고 삶이 항상 편하겠는가. 운명에 대고 무엇을 바라기보다는 내 마음을 다잡으려 애쓴다.

이겨낼 수 있을 것이라고 믿는 한편, 운명과 우연도 나를 도와줄 것이라고 믿으려 애쓴다. 나 자신에게 거듭 말한다. 낙천적으로 마음먹고 인내와 끈기로 버티라고. 비관하면 고통이 더욱 견딜 수 없다고. 운명에 기만당하는 한이 있더라도 희망을 유지하는 것이 내 과거 삶에서 중요했다.

정작 주의하고 겸허해야 하는 때는 자기 인생이 양지쪽에 있을 때이다. 따스한 간빙기에 오히려 익사의 위험이 있다. 그때에는 자신이 행운의 총아寵兒인 것 같고, 내키는 대로 아무 일이나 해도 잘 될 것 같고, 다른 사람의 무능이 이상해 보이기조차 하다. 그러나 운명의 신은 공평한 신이다. 산이 높으면 골이 깊은 것이고 누가 행운아인가는 죽을 때에나 결산할 노릇이다. 불행의 순간도 지나가지만 행운의 순간도 지나간다. 불운을 견디기보다 행운을 견디기가 훨씬 어렵다. 인생이 힘들 때에는 불굴의 의지와 의연함과 '요리하기'로 버텨내고, 행운이 함께 할 때는 겸허하게 불운에 대비한다. 더불어 '모든 것이 마음에 달린 것'이라는 사실도 나는 항상 새기려 애쓰고 있다. 고통은 자신을 강인하게 만들어 주고, 행운은 남을 도울 기회를 준다. 그리고 궁극적으로 마음을 비우려 애쓴다. 우린 죽어갈 운명이니까.

One Man's Dog

인생이 그렇게 긴 것도 아니고.

인생에서 모을 수 있는 장미 꽃잎이 그렇게 호사스러운 것도 아니다.

자기가 무엇을 얻는다 한들.

다른 사람을 고통스럽게 하여 얻는 것이라면 무슨 소용이 있겠는가.

부디 상대편을 배려하고

그 안타까움을 항상 당신의 마음속에 새겨라.

둘 다 길을 잃고 헤매던 외로웠던 행성들 아닌가.

이 막막하고 두려운 인생에서.

어떤 기적이 서로의 주위를 선회할 궤도를 주었는가를 생각해보고

어떤 우연이 당신의 산에 어린 왕자를 내던졌는가를 생각해보라.

키타이론 산의 그 오이디푸스를.

이 "무한한 공간의 영원한 침묵 가운데에서."

3

질문들

　　　　　　　　　　　　"그런데, 호모 사피엔스^{Homo sapiens}는
왜 또 멸종한 거야?"

　아버지가 그만 해서는 안 될 질문을 하고 말았다. 아이들도 같
이 시청 중이었는데. 호모 네안데르탈렌시스의 몰락 후에 마침내
호모 사피엔스라는 종이 폭발적으로 나타났다고 하자 그동안 참
았던 그분의 학구열도 마침내 폭발했다. 유인원 몰락의 오랜 역사
가 너무 따분했다. 조금만 참고 볼 것이지. 아이들은 커다랗게 웃
고 아버지의 권위는 날아가 버렸다. 이건 정말 창피한 노릇이다.
주워담을 수도 없고.

　이놈들이 못 들은 척할 수 있으련만, "아버지도 호모 사피엔
스야."하면서 약을 올린다. 학창시절의 빛나는 과거는 '초원의 빛

이고, 꽃의 영광'이 되어버렸다. 약간의 과장이 있긴 했다. 그렇다 해도 터무니없는 허풍은 아니었다. 세계사 시간에 좀 졸았다 해도 그럭저럭 대학은 갔으니까. 헛기침도 소용없고 자리를 피해도 소용없다. 시간이 좀 흘러야 잊혀 진다.

탓할 사람은 자기 자신이다. 조심해야 한다. 무식은 답변에서 뿐만 아니라 질문에서도 드러나니까. 오히려 답변에서보다 더 많이 드러난다. 틀린 답변은 주어진 것만 모르는 증거지만, 멍청한 질문은 그 사람이 포괄적으로 바보란 증거다. 대체로 무식하면서 자기 확신에 찬 사람들이 황당한 질문 많이 한다. "무식하면 용감하다."는 페리클레스의 금언은 질문에 관한 것이다. 날카로운 질문은 보통 이마를 찌푸리며 조심스럽게 묻는 사람들에게서 나온다. 그 용감한 아버지도 조심스럽게 "그럼, 호모 사피엔스도 몰락할 건가?"라고 물었다면 존경받았을 터이다. 인류의 장래에 대해 우려하는 사려 깊은 아버지다.

이 어이없는 질문에는 귀여운 구석이라도 있지만, 무식 이외엔 무엇도 아닌 질문이 있다. "여자와 남자 중 누가 더 똑똑하다고 할 수 있나요?" 누군가가 물었을 때에 나는 정말이지 할 말이 없었다. 이것은 평생에 두 번 듣기 어려운 무식한 질문이다. 아니 무식할 뿐만 아니라 '무가치한 질문'이다. 나는 "양쪽 다 너보다는 똑똑해."하고 싶었다. 17세기에는 "여성도 과연 인간이라고 할 수 있는가?"라는 진지한 철학적 질문이 있었다고 하는데, 그 질문의 현대적 개정판이다. 더 큰 뼈다귀가 더 유능한 두뇌를 받친다고 생각하는 사람들도 있다.

그러나 이 질문들도 그 어리석음이 어떤 질문에는 도저히 미치지 못한다.

"빌 게이츠, 아인슈타인, 피터 드러커, 갈릴레오 갈릴레이 중 누가 가장 지성적인 사람이라고 생각하는가?"

한 권위 있는 신문의 설문 조사였다. 눈을 의심했다. 헛것을 보고 있나? 이 네 사람이 동일한 잣대로 측정될 수 있는 동일한 종류의 성취를 이룬 사람들인가? 앞의 세 사람은 서로 완전히 다른 분야에 종사한 사람들이다. 비슷한 다른 질문을 가정하면 이 질문의 바보스러움을 곧 알 수 있다. "당신 차의 자동차 정비공과 당신 학창시절의 물리 교사 중 누가 더 지성적인가?", "뉴턴과 애덤 스미스 중 누가 더 지적인가?", "피자와 김치 중 어느 쪽이 더 좋은 음식인가?", "바흐와 렘브란트 중 누가 더 예술적인가?"

이 질문은 두 가지 측면에서 어리석다. 하나는, 서로 비교의 대상이 될 수 없는 인물들의 비교를 제시했다는 것이고, 다른 하나는 대부분의 답변자들이, 아인슈타인 등이 그 본질적인 견지에서 어떤 일을 했고 어떤 의의를 갖는가를 전혀 모른 채 답변해야 한다는 것이다. "스티븐슨(증기기관)이나 빌 게이츠 중 누가 더 뛰어난 공학자인가?", 혹은 "갈릴레오와 뉴턴 중 누가 더 뛰어난 물리학자인가?", "멘델과 다윈 중 누가 더 생물학의 발달에 공헌했는가?", 혹은 "황순원과 김동리 중 누가 더 뛰어난 소설가인가?"를 묻는다면 이것들은 답하기는 똑같이 어렵다 해도 이치에는 닿겠다. 그러나 그 매체는 "경제학과 물리학 중 어느 쪽이 더 뛰어난 지적 체계인가?", 혹은 "공학과 경제학 중 어느 쪽이 더 지성적인 학문인가?"와 같은 종류의 이상한 질문을 했다. 아무 생각 없이 무작정 설문을 만들었나 보다. 이러한 질문에는 대답할 필요도 없다. 입만 아프거나 손만 수고할 뿐이다. 사실 설문 결과는 더 놀라웠다. 빌 게이츠가 압도적인 1위였다. 빌 게이츠는 좋겠다. 갈릴레오 등과 어깨를 나란히 하니.

두 번째로는, 우리는 도대체 알지도 못하는 사람들에 대하여 답변해야 한다는 곤혹스러움을 겪는다. 생각건대, 묻는 사람 자신도 아인슈타인이 어떤 지적 혁명을 일으켰는지 모르는 것 같다. 인간 상상력의 어떤 소산보다도 더 환상적인 체계라고 하는 그의 세계. 안다면 이런 어처구니없는 질문을 하지는 않았을 터이다. 물론이다. 그 사람은 아인슈타인이 에디슨 비슷한 발명가라고 생각하고, 빌 게이츠를 망원경을 손에 쥐고 산에 오르는 천문학자쯤으로 생각하고 있다. 생각이 없는지 본래 배운 게 없는지. 아무 인물이나 유명한 사람들을 열거했다. 미디어 분야에 종사하는 사람들이 무식한 속물이란 사실은 이제 비밀도 아니다. 그래도 이 경우는 좀 지나쳤다.

사람들은 때때로 자기도 모르는 질문을 하곤 한다. 재미있게도, 그럼에도 불구하고 자신들은 알고 있다고 믿는다. 진리란 인식의 문제가 아니라 단지 습관의 문제이다. 이 점, 한 고대 철학자가 탄식에 탄식을 되풀이한 측면이다.

이러한 '어리석은 질문'만 있는 것이 아니다. '잔인한 질문'이라는 것도 있다. 선택을 강요하는 질문은 대체로 잔인한 것으로, 묻는 사람은 중립적 입장에 있으면서 이쪽으로 공을 넘겨주고 선택의 책임은 네가 짊어지라는 질문이다. "우정이냐, 사랑이냐?"를 들이미는 사람은 잔인한 사람이고, 답변의 책임을 지는 상대편은 참으로 괴로운 상황에 처한다.

같이 지낸 세월이 즐거웠고, 항상 다정스러웠고, 때때로 의미조차 있었다 한들, 사랑은 또 다른 문제이다. 거기에는 시간과 숙고와 용기가 필요하건만, 그는 소유권 확립을 서두른다. 모든 것을 세월과 섭리에 맡겨두는 것이 지혜로운 해결책인데 상대편에 대한 권력을 '지금 그리고 여기서' 확립하려 한다. 탐욕은 무분별하다. "사랑을 서둘지 말라."는 어느 시인의 충고를 무시한 것이니 어느 땐가는 "이제 와 눈물짓네."가 될 터이다.

같이 하는 삶은 먼저 서로를 많이 알아야 가능하다. 이 결단은 언제나 두렵다. 실수는 치명적인 상처로 온다. 사랑은 우정에서 전환된다. 우정 없이 어떻게 결단을 내리는가. 우정 없는 사랑은 애피타이저 없는 정식이다. 그러나 잘난 사람들은 천부의 권리로 선택을 강요한다.

더욱 잔인하게도, 자신은 어느 경우에 대해서도 마음의 준비를 하고 있다. 승리할 경우에는 당당하게 소유권을 주장하고, 패배할 경우에는 상대편을 원망한다. 승자의 기쁨을 겸허로 받아들이고 패자의 모욕감을 조용한 인내로 견뎌내는 사람은 그래도 좀 나은 사람이다. 그러나 이런 사람은 그런 잔인한 질문은 안 할 사람이다. 대체로는, 누가 주인이 되었는가를 알리기에 바쁜 승자들이고, 온갖 곳에 원망의 전화를 해대는 패자들이다. 배타적인 소유권을 확립하거나, 패배의 동기를 상대편에게 전이시키거나. 소문만 내는 것으로 부족해서 어제까지 다정했던 사람을 냉랭하게 대해 또다시 가슴 아프게 한다. 이 경우는 최악이다.

묻는 사람 자신이 괴로운 질문도 있다. '침묵의 질문'이 그렇다. 소중한 사람에 대한 의심은 상대편에 대해서뿐만 아니라 자신에게도 모욕적이다. 잠자코 있지만 그래도 그 침묵과 눈매는 무엇인가를 묻는다. 의심이다. 두 사람 사이에 파고들어 끊임없이 불안과 동요를 자아내는 그 의심. 솔직한 고백과 뉘우침, 그리고 이해의 애원만이 이 팽팽한 긴장을 풀 수 있다. 뉘우치고 새로운 기초 위에서 다시 출발하든지, 그만 끝장을 내든지 둘 중 하나를 해야 한다. 이러한 침묵의 질문을 회피로 모면하려는 것은 비겁한 노릇이다.

침묵으로 물을 수밖에 없는 사람의 괴로움이 얼마나 큰지 사람들은 대체로 모른다. 침묵으로 견뎌내는 사람들은 자부심과 고결성을 지닌 사람들이다. 그 괴로움 자체가 그 사람의 인격을 얼마나 손상시키고, 그 사람의 존엄성을 얼마나 밟는 것인가. 그들은 한편으로 분노하고, 한편으로 두려워한다. 분노는 자부심의 손상 때문이고 두려움은 의심이 확증될까 무서워서이다. 어제까지 미래가 소중하고 의미 있었다. 오늘 그 미래가 온통 암흑으로 뒤덮인다. 다시는 순수한 시절을 되돌리지 못한다. 이해와 애정의 그 시절을. 그뿐인가. 이제 경멸과 역겨움이 뒤를 잇는다. 모든 약속과 맹세가 지푸라기에 지나지 않은 것이었고, 가치 있었던 신뢰들이 모두 헛된 것이었다.

그러니 당신을 소중히 하는 누군가가 당신 때문에 얼마만큼 손상 받고 괴로워하게 될까를 항상 생각해야 한다. 그리고 자신을 소중히 여길 줄 알아야 한다. 인생이 그렇게 긴 것도 아니고, 인생에서 모을 수 있는 장미 꽃잎이 그렇게 호사스러운 것도 아니다. 자기가 무엇을 얻는다 한들, 다른 사람을 고통스럽게 하여 얻는 것이라면 무슨 소용이 있겠는가. 부디 상대편을 배려하고 그 안타까움을 항상 당신의 마음속에 새겨라. 둘 다 길을 잃고 헤매던 외로웠던 행성들 아닌가. 이 막막하고 두려운 인생에서. 어떤 기적이 서로의 주위를 선회할 궤도를 주었는가를 생각해보고 어떤 우연이 당신의 산에 어린 왕자를 내던졌는가를 생각해보라. 키타이론 산의 그 오이디푸스를. 이 "무한한 공간의 영원한 침묵 가운데에서."

이제 다른 질문 쪽으로 가서 '명석한 질문'에 대해 알아보자. 그리고 이러한 질문과 관련해서 우리는 이미 한 사람을 안다. 질문만으로 하나의 방법론을 구축한 사람. 그렇다. 소크라테스가 그이다. 안다고 믿지만 실제로는 모르고 있다는 것을 그의 질문처럼 효과적으로 입증해주는 것도 없고, 전통과 집단의 믿음을 공유한다는 사실만으로 진리를 안다고 믿는 사람들에게 그의 질문처럼 날카로운 것도 없다. 정의定義를 새롭게 해 나가고, 상대편의 논증에 반례를 들고, 철두철미 연역적 논증에 기초하는 그의 질문들은 그러나 상대편의 자존심을 완전히 거덜 낸다.

집단의 존속과 진리의 추구는 어느 쪽이 더 중요한가? 소크라

테스는 후자를 택해 죽임을 당했다. 그러나 그의 질문이 아테네를 분열시켰고 아테네는 그만 망하고 말았다. 집단의 안녕과 문화적 업적은 모순적이다. 삶의 본질적인 덧없음을 믿으면서도 현실적 인생을 굳세게 살기란 참으로 어려운 노릇이다. 그 노 철학자는 이것을 말한 것이었는데. 그는 전쟁터에서 누구보다 굳셌다. 물러설 줄 몰랐다.

인간은, 허위의식과 자기만족과 허영을 성실한 의식과 객관적 가치와 소박한 진실보다 언제나 높이 평가한다. 그러니 함부로 이러한 질문을 하면 안 된다. 모르면야 별수 없이 모른다고 해야 하지만 알고도 모르는 척해야 할 경우도 있고, 모르고도 속지만 알고도 속는 것이 인생이다. 그러니 지나치게 상대편을 몰아세우면 안 된다. 인간의 약점에 대한 조용한 탄식과 관용의 미소가 더 낫다. 몰아세운다고 그 사람이 더 현명해지지도 않는다.

입에 침을 튀겨가며 로마 교황에 대하여 떠들어대는 처칠의 면전에 대고, "그런데 교황은 몇 개 사단이나 동원할 수 있는데요?"라고 물은 스탈린이나, 서른 이후로도 매년 서른이라고 주장하는 여성에게 대고, "아무개 씨는 서른셋이 아니라 사실은 서른이지요?"라고 물은 나의 친구는 그러니 미움받아 마땅하다. 명석한 질문을 했지 않은가. 다시 말하지만, 사람의 허위의식과 허영에는 관용과 이해의 미소가 훨씬 낫다. 명석한 질문은 좋은 질문이긴 하지만, 사랑받는 질문은 아니다.

　'심원한 질문'도 있다. 이 질문은 모든 사람이 할 수 있는 것도, 모든 사람이 답변할 수 있는 것도 아니다. 과거에 믿어오던 체계들이 수상스럽게 느껴지는 순간들이 있다. 지구가 평면이라는 믿음은 '지리상의 발견'과는 양립할 수 없고, 지구가 우주의 중심이라는 믿음은 더 이상 천문학적 관측 자료와 양립할 수 없고, 창조론은 생명현상들에 대한 주의 깊은 관찰과는 양립할 수 없다. 아니면 최소한 양립할 수 없다는 생각이 든다. "세계 일주 여행이 가능한 것은 지구의 모습과 관련하여 무엇을 의미하는가?"라거나, "갈라파고스의 핀치들은 창조론과 모순 없이 양립하는가?"하는 질문들이 나온다.

　혁명이 일어났다. 혁명은 정치적 세계에서만 발생하지는 않는다. 지성 세계에서도 발생한다. 새로운 세계관이 자리 잡게 된다. 인간은 창조의 목적이 아니고 우연의 소산이고, 지구는 우주의 중심이긴커녕 은하계의 변방이 된다. 그러니 심원한 질문들은 인간에게 모욕을 안겨 주고, 신뢰할 수 있는 절대성을 부수기 위해 나왔나 보다. 그러나 걱정할 것 없다. 더욱 심원한 질문들이 나와서 모든 것을 제자리로 돌려줄 터이다. '어차피 세상은 돈다$^{\text{Il mondo va}}$.'

구원을 위해 심원한 질문을 할 때도 있다. "선험적 종합지식은 가능한가?"하고 한 위대한 철학자가 물었을 때 이것은 과학을 구원하기 위한 것이었다. 신은 상속인도 남겨놓지 않은 채로 죽은 지 오래되었고, 가까스로 과학이나마 믿고 살 수 있다고 믿었는데 섬나라의 누군가가 그것마저 완전히 파산시켜버렸다. 신념은 한 번 금가면 어쨌든 미덥지 않다. 과학이 수상스러워졌다. 이것을 복구하려면 힘 좀 든다. 신뢰는 얻기는 어려워도 잃기는 쉽다.

직업을 택할 양이면 무엇인가를 복구시키는 일보다는 부수는 일을 택하는 편이 낫다. 창조보다는 비평이 훨씬 쉽고 건설보다는 파괴가 언제나 쉽다. 우리 삶은 모래성이니까. 과학을 부수는 데는 2백 쪽의 논증이 필요했지만 복구하는 데에는 — 결국 실패했는데 — 8백 쪽의 논증이 필요했다는 것을 생각해보라. 그래서 쥐나 개나 우수마발들이 비평한다고 설쳐댄다. 아무튼 데카르트는 방어하다 지쳐 이른 나이에 죽고 말았다. 비평가들은 살인자의 소명을 가졌다. 창조는 못해도 남의 창조를 씹을 이빨은 가졌다. 거인의 어깨 위에서 키 크다고 자랑하고 싶어 비평가가 된다.

칸트의 노력에도 불구하고 이제는 사람들이 의심스러운 눈으로 과학을 본다. 혹은 과학이성을 가졌다는 인간을 의심스러운 눈으로 보든지. 그래도 어쨌든 이 질문 역시도 혁명을 불러왔다. 진리의 중심이 세계에서 인간에게로 옮겨져 왔으니.

얼마 전에 나는 그만 가슴 아픈 광경을 보게 되었고, 슬픈 질문을 듣고 말았다. "그럼 아빠도 죽어?" 어린 소년이 묻는다. 눈물로 범벅된 어린 소년이. 망연한 그의 아버지에게. 나는 스치듯이 들었다. 도로의 차 소리가 시끄러웠다. 그렇지만 그 질문은 내 마음을 파고들었다. 화살처럼 날카롭게 파고들었다. 아아, 나도 언젠가 그 질문을 한 적이 있다. 그 아이처럼 어렸을 때. 이번에는 내가 듣고 가슴 아파하고 있다.

모두 경험한 적이 있다. 스미듯이 파고드는 애처로움. 누가 죽은 것일까? 할아버지나 할머니나 가까운 친지다. 틀림없다. 그가 키우던 강아지는 아니다. 그 경우라면 그의 아버지마저 그렇게 비통한 표정을 짓지는 않는다. 절망과 슬픔에 젖어 울고 있으니까.

어린아이들도 때때로 어른들의 악덕을 이미 보여준다. 그들에게도 왕왕 고집과 허영이 있다. 그래도 나는 그들이 실재하는 천사라고 믿는다. 아니면 천사에 좀 더 가깝던지. 아름답고 순진한 표정들. 그들의 눈물처럼 사람의 마음을 아프게 하는 것도 없고, 그들의 '천진한 질문'처럼 사람을 당황하게 하는 것도 없다.

그러나 그 질문과 더불어 그의 천사 시절은 끝난다. 아무리 많은 위로와 격려를 한다고 해도 어떻게 "그렇지 않다."고 대답할 수 있겠는가. 그 소년은 무서운 꿈에도 시달릴 것이고 아득한 외로움에도 시달릴 것이다. 꿈속에 스며든 불안이 불현듯이 그를 깨워 부모의 생사를 확인하게도 할 것이다. 언젠가는 혼자만 남게 된다는 것보다 더 큰 공포가 어디에 있겠는가. 그리고 "우리도 언젠가는 가련한 낙엽이리라."는 것보다 더 큰 슬픔은.

그의 아버지도 불사의 신은 아니다. 삶의 두려움의 구원자이고 궁금증의 신뢰할 수 있는 백과사전인 그의 아버지도. 자신이 죽을 때까지, 타인의 어떠한 죽음도 겪지 않고 모든 생명이 결국은 사라진다는 것을 차라리 모른다면, 그것이 얼마나 더 나은 것일까. 그러나 인간조건은 그렇지 않다. 그도 지성의 대가를 치러야 하고, '겨울이 차라리 따스했거니'라고 말해도 소용없다. '안다'고 하는 삶의 가장 커다란 책임을 떠맡을 때가 왔다.

소년 시절을 돌이켰을 때 언제 최초로 죽음을 알았을까. 학교 앞에서 사온 병아리가 죽었을 때? 키우던 강아지가 죽었을 때? 아니면 비극적이게도 어린 시절에 이미 친지의 죽음을 경험했을 때? 죽음이 뒤에 남은 사람들에게 주는 슬픔은, 경험하지 못했던 어떤 행복의 불가능에서 오는 것이 아니라, 익숙했던 행복의 상실에서 온다. 그리고 그 슬픔이 더욱 감당할 수 없다. 기대되던 획득의 좌절보다는 익숙한 것들의 소멸이 훨씬 뼈아프다. 그 슬픔과 당황과 부당함이 그 후로 우리에게 무엇을 주었을까.

살고자 하는 본능은 우리와 같은 것이었지만, 죽음의 필연성은 전혀 몰랐던, 저 먼 태초의 우리 조상들. 그들도 이 소년과 같았다. 모든 것이 소멸한다는 것을 처음 알았을 때, 분투하고 애써도 무덤 건너 삶을 연장할 수 없다는 것을 처음으로 알았을 때, 이 인생조차도 꿈이 아닌가 하는 생각이 들었고, 무의미와 공포가 그들의 하늘에 철학도, 종교도 만들었다. 죽음을 넘어서는 새로운 삶의 가능성도 품었고, 육체의 재생도 믿었다. 죽은 자들에 대한 경외의 마음도 생겼고.

이 소년도 그날의 슬픔으로부터 자유롭지 않다. 아마도 소년을 벗어날 때까지 자유롭지 않다. 그러나 나이가 들고 어른이 되어 가면서, 소년 시절에는 그리도 무서웠던 것들이 이제 아무렇지도 않게 되고, 도저히 받아들일 수 없었던 죽음이라는 부조리도 체념으로 받아들이게 된다. 그도 평범한 성인이 되고, 죽는 순간까지도 죽음을 생각하지 않으려 하고, 영원히 살 것 같은 어리석은 탐욕의 행동도 한다. 어떻게 해서든지 생물적 삶을 연장시키려 하고, 죽는 순간까지도 운명을 바꿔보려 애쓴다. 이렇게 해서 공포가 욕심으로 바뀐다. 그 어린이는 어디로 갔을까? '어른의 아버지'였던 그 아이는.

유년의 의문을 끝까지 품고 사는 사람들도 있다. "왜 인간은 태어나고 죽는가?"하는 최초의 의문을 타협 없이 계속 묻는 사람이 있다. 생물학적 유태보존幼態保存이 그들의 지성세계에서 발생했다. 이제 철없는 질문이 평생을 일관하게 된다. 어떤 것도 더 이상 당연할 수 없고, 자기의 조각난 경험들을 전체 인생 가운데에서 해명하려 하고, 스쳐 지나가는 순간들을 영원의 시간 가운데에서 해명하려 한다. 이렇게 해서 삶과 운명이 왜 이럴 수밖에 없는가 하는 질문이 그의 마음에 영구히 자리 잡게 된다. 그는 다시는 돌이킬 수 없는 발걸음을 걷게 된다.

모든 것이 전과 같지 않다. 활력과 약동에는 노쇠의 미래가 예정되고 살아 있는 것들에는 죽음의 그림자가 드리워진다. 천진했던 질문은 넓이와 깊이를 더하게 되고 찬란한 질문들로 바뀐다. 그러나 본질적인 차이는 없다.

그는 불행한 어른으로 자라는 것일까? '행복한 사람은 꿈을 꾸지 않는 법'이고 그의 삶은 '인생이 다를 수는 없겠는가.'하는 꿈으로 온통 메워진다는 것을 생각해 보자. 자기 삶에 만족이란 없으니 그는 불행한 사람이겠다. 그러나 행복만이 삶의 심판관은 아니고 불행이 무의미한 것만도 아니다. 우리가 그러한 사람들에게 무엇을 빚지고 있나를 생각해 본다면.

"어찌하여 우리가 쓰레기에만 전념하게 된 것일까. 물질들만이 우리의 마음을 차지하게 된 것은 인생의 어느 순간이었던가. 조금만 노력했더라도 이 순수한 의문을 계속해서 품었을 것이고, 그랬더라면 우리의 인생도 많이 달라졌을 것이 아닌가."

우리 자신에 대해 이렇게 탄식한다면 어린이의 세계를 잘 보살필 노릇이다. 우리에게는 너무도 당연한, 해명을 포기한 의문들이 그들에게는 새롭고 충격적인 것들이다. 우리 자신의 어린 시절을 잘 더듬어보면 곧 알 수 있지 않은가. 그들도 하나의 세계를 구성한다. 그것도 매우 깨지기 쉬운 세계를. 여기에는 섬세한 배려가 필요할 것 같다. 우리의 삶이 그러하지 못했다 해도 그들의 삶은 부디 다른 것이 되어야 하지 않겠는가. 천사가 더 이상 천사일 수는 없게 되는 순간이 온다고 해도, 그들 역시도 지상 세계로 끌려 내려와 그 물질적 추구로 고통받는 순간들이 온다고 해도, 그리고 그들의 삶 역시도 무의미와 미망迷妄 이외에 아무것도 아니라 해도, 인생에 대한 의문은 기실 어떤 물질만큼이라도 가치 있는 것 아닌가. 누군가는 우리를 대표해서 이 질문을 해야 하지 않는가. 그렇게 된다면 그들은 삶과 죽음에 우리와는 조금 다른 관념을 부여할 것이고 우리에게 그것을 말해주지 않겠는가. 이제 우리는 죽음을 그렇게까지 두려워하지 않겠고 늙은 생명을 어떻게라도 이어가려고 추한 모습을 보이지도 않을 터이다. 삶이 조금은 더 멋진 것이 되겠다. 생물적 본능도 더 이상 공포를 조성하지 못할 터이다.

그러나 여러분, 이러한 철학적 의문만이 '천진한 질문'인 것은 아니다. 그들은 동시에 물리학자이고 생물학자이다. "아빠, 하늘은 왜 파래?"라거나, "아빠, 강아지는 왜 네발로 걸어?"라고 물을 때에 당신이 어떠한 곤경에 처하는지 나는 안다. 그리고 당신도 동일한 질문을 했던 것을 또한 안다. 당신 삶의 아득한 시기에 당신도 똑같이 물었었다. 기억조차 사라진 그 시기에. 모두 사라져간 질문들이다. 그 자리를 삶의 실제적 요구가 차지했다.

어떤 소년은 자라면서 오히려 한 걸음씩 더 나아가기도 한다. 케플러의 법칙을 잘 배우고 있던 학생이 갑자기 "그런데 도대체 왜 지구는 태양을 돌지요?"라고 묻는다거나 허수의 정의를 열심히 듣고 있던 학생이 "왜 존재하지도 않는 것을 배워야 하지요?"라고 물으며 수업을 지체시킨다면 이 학생은 단언컨대, "하늘은 왜 파래?"의 고등학교 개정판을 내고 있다.

이러한 질문을 봉쇄한다면 당신은 나쁜 사람이다. 그 젊은 아빠는 '과학 상식 백과'나 '생물 분류 도감'이라도 들추어 보아야 할 노릇이고, 직립 동물만이 지구를 독점하는 것은 아니라는 사실도 말해주어야 한다. 선생님들은, 태초의 대폭발과 성운의 회전에 대한 추론 가능한 가설에 대해, 실수 체계를 돕는 복소수 체계에 대해, 그리고 환각이 때때로 실재 못지않게 실제적이라는 것은 수학

세계에서도 그렇다는 것에 대해 말해주어야 한다. 수업이 아무리 긴박하다 해도 이 포괄적이고 근원적인 의문보다 더 중요하지 않다. 좋은 대학과 좋은 직업이 무어 그리 대수인가. "거울을 보면서 광속으로 날면 거울 속에 나의 얼굴이 비칠까?"라는 소년다운 질문이 혁명을 일으켰다는 것을 생각해보라.

이러한 질문들을 어른이 되어서도 계속하는 사람들이 사실은 '심원한 질문'을 하는 사람들이 아니겠는가. 그러나 심원한 질문 그 자체가 목적인 것만도 아니다. 우리에게 진정한 가치를 주는 것은 좋은 답변들을 수집하는 것보다 좋은 질문을 할 수 있는 내적 요구를 유지하는 것이기 때문이다. 위대한 고대의 철학자가 말한 바와 같이 "음미 되지 않는 인생은 살 가치가 없는 것" 아니겠는가.

―――――――

나는 시시각각 자신을 심판대에 세우고 통렬히 비난한다.

어리석음과 탐욕과 허영과 무능에 대해.

나 자신이 하고 있는 어떤 일에 대해서도

항상 회의를 품는다.

그리고 내가 할 수 없는 일을 시도하고 있다고도

때때로 회의에 빠진다.

나와 누구를 비교해서 우월감을 느껴본 적도 없다.

나도 물론 누군가를 비난한다.

그러나 그 비난은 그 사람들의 무능이나

심지어는 태만에 대해서도 아니다.

단지 그들 삶이 외연적인 허영이나 기만을 향할 때에 비난할 뿐이다.

이것은 용납할 수 없는 악덕이다.

―――――――

4

겸허에 관하여

인간 삶은 두 개의 조건에 매인다. 개인적이면서 보편적인 조건과, 집단적이면서 특정한 조건에. 전자가 실존적인 조건이라면, 후자가 정치적인 조건이다. 여기서 개인적이라고 말하는 것은 그것이 이를테면 존재 이유에 대한 나 자신의 의문이기 때문이다. 사실 이 의문이 철학의 기원이다. 누구도 이 의문을 피해 갈 수 없다. 인간은 존재를 당연한 것으로 받아들이지 않는다. 왜 존재하며 어떻게 존재해야 하는가를 묻는다.

또한 이것은 보편적인 의문이다. 왜냐하면, 특정한 '나'가 아닌 인간 일반의 존재 이유에 대한 의문이기 때문이다. 다시 말하면 이때의 나는 보편자로서의 나이다. 이 의문은 또한 내면적인 종류이다. 이 의문은 다른 사람과의 관계나 사회적 인간으로서의 인간

조건 등에 대한 외재적인 질문이 아니고 내재적인 존재, 정신적인 존재, 의식을 가진 존재로서의 나에 대한 질문이다. 이것은 이를테면 존재의 제1원인에 대한 탐구이다.

후자의 조건은 관계에서 나온다. 이것은 사회적 존재로서의 내가 처한 조건의 문제이다. 이 조건 역시 작은 문제가 아니다. 심지어 이것이 정치철학의 출발점이다. 이 조건은 나와 다른 사람과의 관계에 있어서의 나의 정립이므로 특수한 문제이다. 이것은 모든 인간이 공통된, 다시 말하면 보편적 조건을 갖지는 않는다. 각각이 자신이 처한 사회적 입장이 다르기 때문이다. 더하여 이 문제는 외연적인 종류이다. 왜냐하면 이것은 사회적인 나, 즉 외연적인 나와 외연적인 여러 사람과의 조건이기 때문이다.

나는 지금 어떤 학구적인 탐구를 하려는 것은 아니다. 나는 이를테면 끄적거리고 있다. 그러므로 이 글은 본질적으로 나에 대한 나의 글이다. 자기에 대해 말하는 것은 언제나 쉽지 않다. 행복할 때는 기쁨을 나누려 노력했고, 힘들 때는 구원의 호소 없이 견디고자 했다. 말하기보다는 보여 주려 애써 왔다. 자신의 얘기는 자랑이나 자기연민이 되고 만다. 자연인으로서의 나에 대해 말하기는 구차스럽고 어딘가 계면쩍다. 나 자신 별로 말해질 것도 없는 사람이라는 사실을 제외하고도.

문제는 겸허라는 주제가 나의 자기변명과 얽혀 있다는 데에 있다. 그 주제와 관련된 내 생각과 세상의 생각이 그렇게까지 다르지 않다면 이번에도 잘난 것 없는 내 얘기를 하지는 않을 터이다. 그러나 내게 씌워진 오만 혹은 냉담이라는 누명 — 누명이 아닐 수도 있는바 — 을 벗어나고자 이 글을 쓰는 것은 아니다. 나는 세상이 주는 찬사나 오명에 관심 없다. 물론 칭찬에 무심할 수도 비난에 눈감을 수도 없다. 그러나 나는 다 좋다고 생각한다. 세상이 나의 본질을 어떻게 하지는 못한다. 칭찬이 내게 무엇인가를 보태지도, 비난이 내게서 무엇인가를 앗아가지도 못한다. 어차피 시속이 내게 주는 영향은 수십 년 전에 사라졌다. 세월과 운명은 내게 초연함과 관용과 겸허를 보태주었다. 다행히도 나의 삶은 자족적인 것으로 흘렀으므로.

겸허라는 주제에 날 끌어들인 것은 내가 겸허라는 미덕을 내 나름으로 새롭게 정의 내리려는 시도와 나 자신의 삶이 피치 못하게 얽혀있기 때문이다. 그리고 이 주제가 인간의 두 조건 모두와 얽혀 있고 그 양쪽 조건에 부여하는 중요성에 달려있기 때문이다.

나 자신에 대해 말하자면, 개인적인 실존적 문제가 해결되지 않았음은 물론 후자의 정치적 문제도 여간 장애가 아니라는 사실을 말할 수밖에 없다. 누군들 자신의 실존적 문제를 해결했겠는가? 이것은 인간이 동물도 신도 아니란 증거이다. 만약 동물이었더라면 실존적 고통은 아예 없었을 것이고, 신이었더라면 그 전능성에 힘입어 해결 못 할 문제가 없었을 터이다. 누군가 실존적 고뇌 없는 완전한 고요 속에 산다면 그는 해탈했기보다는 아직 동물일 가능성이 높다. 해탈은 없다. 해탈을 향한 노력만 있을 뿐.

정치적 문제도 마찬가지다. 누군가가 그 문제의 해결을 봤더라면 정치학이 아직까지 철학의 한 부분이 되지는 않았을 터이다. 인간의 사회적 삶이란 것이 아직 해결이 요원할 정도로 본래 어려운 것인지, 아니면 본래는 용이한 사회적 삶을 인간이 어렵게 만드는지 나도 모르겠다. 그러나 개미 사회에나 원숭이 사회에는 허구한 날들을 선거나 쌈질로 보내는 정치가라는 기생적 직종이 없다는 사실을 고려해 볼 필요가 있다. 인간이라는 이상한 종이 사회적 삶을 어렵게 만든다. 아마도 탐욕과 명예욕 때문에.

이 글의 주제로 들어가기 전에 따돌림에 대한 얘기를 좀 해야겠다. 사실을 말하면 나는 왕왕 따돌림을 당할 뿐만 아니라, 나 자신이 따돌림당하고 있다는 사실을 모를 때도 많다. 사람마다 성향과 개성이 있는바, 나는 아마도 실존적 문제에는 관심도 많고 또 내 전공도 그쪽이지만, 관계 속의 나에 대해서는 별 관심을 두지 않았던 것 같다. 그러나 관계를 소홀히 하면 그 관계 속에 있는 다른 사람들에게 뼈아픈 대가를 치러야 한다. 어느 순간 내가 따돌림당하고 있다는 사실을 알게 된다. 그들의 눈초리는 차가워지고, 나와는 대화도 나누려 하지 않는다. 이때쯤 소외가 주는 두려움이 강하게 다가온다. 소외는 그 자체로서 당사자에게 상당한 심적 타격을 가한다.

나는 평생에 걸쳐 실존적 문제에 사로잡혀 살아온 나를 변명하고 싶지는 않다. 또한 나는 주위 사람들에게 어떤 악의나 편견이나 선입견을 가져본 적이 없다. 오히려 반대이다. 새로 만나는 사람들에게는 일단 호의적인 공감을 하려 애쓰고, 알고 지내는 사람들에게는 역시 미소와 호의로서 선의를 표하려 애쓴다. 문제는 그 관계에 어떤 적극성도 없는 내 기질인 것 같다. 나는 인간관계에서 그렇게 큰 재미를 못 느낀다. 물론 맘 맞는 사람과의 대화처럼 삶에 큰 사치는 없다. 그러나 맘 맞기처럼 힘든 것도 없다. 입에 맞는 음식이나 취향에 맞는 구두끈도 드문데 하물며 맘 맞는 친구는 얼마나 귀하겠는가. 차라리 남아프리카에서 일백 캐럿짜리 다이아몬드를 찾겠다. 맘 맞는 사람을 위해서라면 내가 가진 것들 — 매우 조촐하지만 — 의 많은 부분을 치를 수도 있겠다. 보통은 따분하거나 무의미한 얘기가 오가는 지루한 시간이 된다. 생명력도 없고 활기도 없는 의례들. 사실 재미없다. 권태롭다. 그러니 같이 만나도 나는 보통 무심히 앉아 있게 된다. 나눌 용건이 끝났으면 빨리 일어나고 싶다. 그러고는 얼른 내 세계로 들어가고자 한다. 그 세계에도 별 즐거움은 없다. 그렇지만 인간관계에서 얻는 즐거움보다는 큰 것이 있다.

우정이나 사랑이 조건에 매이면 진정한 것일 수 없다. 무엇인들 조건에 매이며 진정한 것일 수 있겠는가? 어떤 시인이 "사랑만을 위해 사랑해주세요."라고 말한 것처럼 우정이나 사랑 그 자체만을 위해 만나기도 하고 담소도 나누어야 그것이 진정한 것이 될 텐데 나는 용건이 없는 한 되도록 안 만나려 하니 내 사회적 관계라는 것은 없는 거나 마찬가지이다. 만나서 앉아 있는 시간이 한 시간을 넘게 되면 나는 이미 딴생각에 잠기기 시작한다. 한 시간이 내가 견디는 최대한이다. 상대편은 섭섭하다. 누군들 섭섭하지 않겠는가?

먼저 이것이 결국 사회에서 따돌림을 당하고 살아온 원초적 동기인 듯하다. 소홀히 대접받은 상대편들은 결국 나에 대해 좋은 감정을 품을 수도 없고 좋은 말을 해줄 수도 없다. 물론 재미있거나 의미 있는 사람들도 있다. 소박하고 재기 발랄하거나 지적이고 심미적인 사람들과는 나도 좋은 관계를 유지한다. 이들과는 몇 시간이고 앉아서 노닥거리고 술을 홀짝거린다. 문제는 이런 사람들은 극히 드물다는 사실이다. 말 그대로 천연기념물에 속한다. 대부분은 이도 저도 아니다. 거드름이나 부리고, 사고방식은 구태의연하고, 머리 회전은 나무늘보의 이동처럼 느리고. 그런데 이런 사람들도 대등한 사회적 유권자다. 이들도 얼마든지 비난이나 험담은 할 수 있다.

대자적 상황에 처한다는 것이 인간의 독특한 조건이다. 지성이라고 말해지는 것이 세계와 나를 가른다. 나는 자연에 뿌리 내리지 않는다. 나는 자유롭다. 그러고는 나의 존재 의의에 대해 의문을 품는다. 자유와 의문은 동전의 양면이다. 선과 악을 알게 되고 낙원에서 나오는 순간 자유가 얻어진다. 그러나 동시에 독립된 존재로서의 나의 존재 이유를 묻는다. 인간은 독립의 대가로 실존적 고뇌를 겪는다.

동물에게는 이러한 고뇌가 없다. 그들은 자연의 일부이며 그 안에서 태연하고 초연하다. 그들에게 삶은 의문의 여지가 없다. 모든 것은 정해진 대로이고 선택의 여지란 없다. 그들의 운명은 그들의 것이 아니다. 자연이 그들의 운명이다. 본능은 자연 자체이다. 본능의 지배를 받는다는 것은 자연의 지배를 받는다는 것을 의미한다. 노예를 묶는 사슬처럼 본능은 동물과 자연을 묶는다. 그들에게 삶의 실존적 고뇌나 사회적 문제는 없다. 자연이 주는 행불행을 저항 없이 겪고는 바위가 풍화되거나 꽃이 시드는 것처럼 그들의 삶을 마감한다. 거기에는 이유가 없다.

인간과 동물을 가르는 우열의 기준은 없다. 인간은 인간이고 동물은 동물일 뿐이다. 둘 사이에는 단지 차이만 존재한다. 대자적이냐 즉자적이냐 하는 것은 차이에 대한 것이지 우열에 대한 것은 아니다. 자연과 대면해서 사는 것이나 자연 속에서 사는 것이나 단지 그렇게 운명 지어진 것일 뿐이다. 그러므로 실존적 고뇌의 유무 역시도 입장 차이일 뿐이다. 인간의 학명을 Homo sapiens라고 하는 것은 부당하다. 왜냐하면 sapiens라는 말에 이미 가치 평가가 들어가기 때문이다. '지혜'라는 단어는 인간의 우월감과 다른 생명에 대한 편견에 물들어 있다. 자신은 탁월하고 그 외의 생명은 하위에 속한다는. 하긴 이 학명을 붙인 것이 인간 자신이다. 이를테면 자화자찬인 셈이다.

인간이 어떤 종류의 독특한 인식적 능력을 가진 것은 사실이다. 이 특징은 인간이라는 종에만 한정된 것이다. 인간은 추상을 통해 관념을 구성하고, 그 관념들의 연쇄를 통해 일반화되었다고 믿어지는 지식을 구성하는 인식적 특징을 지닌다. 이것이 곤충이나 다른 동물 고유의 본능에 대응하는 인간 고유의 본능일 터이다. 이 인간적 본능이 아마도 우리가 '지혜' 혹은 '지성'이라고 부르는 인식 능력의 토대이다. 그러므로 우리가 지혜라고 부르는 인식 능력은 자연에 대한 대립적 종합력이다. 이를테면 '대자적 인식 능력'이라고나 할까. 이렇게 보는 것이 공평하다. 그러므로 본능은 자연 '속'에서의 즉자적 인식능력이고, 지성은 자연에 '대'한 대자적 인식능력이다.

그러므로 혹시 당신이 실존적 고뇌 때문에 혼란과 불안과 동요를 전혀 겪어 보지 않았다거나 — 전혀 겪지 않은 사람은 거의 없는바 — 혹은 젊은 시절에는 어찌 겪었지만 지금에 이르러서는 위장이나 생식기의 실존에 대해서는 관심이 있을지라도 정신적 존재로서의 자기에 대해서는 전혀 실존적 문제를 고민하지 않는다 해도 스스로 비하할 이유가 없다. 당신은 전락한 것이 아니다. 단지 옆으로 이사 갔을 뿐이다. 인간에서 동물로.

대자적 인식 능력이 필연적으로 실존적 고뇌로 이르지는 않는다. 여러 종류의 사람들이 있다. 수학이나 과학에 대한 관심이나 능력은 남 못지않지만, 실존적 문제에는 완전히 눈감고 사는 사람들이 있다. 소위 말하는 EQ가 결여된 사람들이다. 이 사람들은 먹고살기 위한 업무와 전략적인 오락으로 자기 삶을 구성한다. 직장에서 일 열심히 하고 퇴근하면 저녁 식사하고 소파에 길게 누워 TV 삼매경에 빠진다. 사회적으로 보아서는 매우 바람직한 사람들이다. 사회의 물질적이고 정치적인 하부토대를 굳건히 구성해 주는 사람들이다. 모두 이 사람들에게 감사해야 한다. 이들은 실존적 고뇌를 하기에는 너무도 강하고 저항력 있는 피부를 가졌다.

다른 종류로는 모든 실존적 문제에 냉소와 야유로서 대응하는 사람들이 있다. 이들은 오만한 사람들이다. "나도 한때 그 문제로 고민했다. 그러나 고민할 이유가 없었다. 왜냐하면 해결 불가능하니까. 모든 것은 있는 그대로 있고, 죽어 가는 그대로 죽어갈 것이다. 이유를 묻는 것은 어리석다는 증거이다. 그리고 아직 성숙하지 않았다는 증거이다." 운운. 베케트의 희곡에 이런 사람 나온다. 뽀조라고 했던가?

다음으로, 마음 편한 사람들이 있다. 실존적 문제에 있어 해결을 본 사람들이다. 이들은 이를테면 초자연적 존재에 자기 자신을 녹여 버렸다. 열렬한 신앙생활에 투신하거나 애니미즘적 신비주의에 물든 사람들이다. 이들에게 실존적 공포는 너무 큰 것이었다. 그래서 어둠 속으로 뛰어들고 말았다. '존재란 어차피 인식'이니까. 내가 인식을 안 하면 실존적 문제는 존재하지 않는 것이 된다. 불안이 없어진 것이 아니라 단지 거기에 대해 눈을 감았을 뿐이다. 쫓기던 꿩이 풀에 머리를 묻어 버리듯이.

이 세 종류의 사람들이 소위 철이 든 사람들이다. 이 사람들은 어쨌건 실존적 문제가 그들의 사회 경제적 삶을 방해하지 않는다. 거기에 관심 없거나 혹은 해결을 보았으니까. 맘 편히 삶을 살면 된다. 잘 벌고, 잘 놀고, 잘 쉬고, 다시 잘 벌고.

이 문제가 평생을 통해 끈질기게 살아있을 때 삶은 여간 불편해지는 것이 아니다. 그리고 이 사람들은 철이 안 들었다는 소리를 듣는다. 비실천적 문제에 전념할 때 사회적 패가망신은 시간문제이다. 아무튼 다른 어떤 것들을 사회 경제적 삶에 선행시킬 때혹은 병행시킬 때 그 삶은 불안하기 짝이 없다.

만약 당신이 어떤 모임에 참석한다고 하자. 거기에서는 주로집, 배우자, 자녀, 차, 골프 등이 얘기된다고 하자. 당신은 거기에서 어떤 불편을 느낀다. 왠지 짜증이 나거나 심할 경우에는 욕지기가 올라온다. 당신은 외로움을 감당할 용기가 없었다. 외로움을벗어나고자 하는 시도가 이런 종류의 속물적 만남이다. 당신은 편두통에 시달린다. 어쨌건 혼자 살아갈 용기는 없으니 누군가를 만나기는 해야겠는데 그 모임은 막상 공허와 덧없음이 지배한다.

당신은 경계선에 있다. 당신 삶을 전적으로 내재적인 것으로만들 능력이나 용기는 없다. 그래서 밖을 향한다. 그러나 밖은 쓰레기로 넘쳐난다. 당신은 쓰레기 냄새 때문에 편두통을 앓는다.당신은 당신의 문제를 감추고자 한다. 모임의 참석자들에 상처를주기도 싫고, 따돌림당하는 것도 무섭다. 그러니 그들의 색이 자기를 물들였다고 위장해야 한다.

주변 사람들이 모르리라고 생각하는가? 속물들이 눈치는 더빠르다. 본래 큰 머리가 없는 속물들이 잔머리는 더 잘 굴리고, 내재적 의연함이 없는 쓰레기들이 인간관계의 메커니즘에는 더욱감각적 민첩성을 갖고 있다. 그들은 모두 알고 느낀다. 당신이 자기네류^類와는 다르다는 것을. 그렇다고 그들이 당신을 존중해주지 않는다. 본래 소인배는 존중과 존경이 무엇인지 모른다. 그들은 더 많은 돈, 더 큰 권력에는 복종할 줄 안다. 그리고 거기에 있어 자기보다 못한 사람들을 경멸할 줄은 안다. 그들은 굴종할 줄 알고 오만할 수 있지만 존중과 겸허는 모른다. 왜냐하면 그들은 물질적이고 육체적인 문제에는 높은 비중을 두지만 정신적인 문제에는 비웃음이나 경멸로 대하기 때문이다. 그런데 존중과 겸허는 정신적 문제이다.

그러니 철이 안 든 당신은 철든 그들과 어울릴 수 없다. 당신은 그들이 역겹고, 그들은 당신이 까다롭다. 이제 선택해야 한다. 당신 자신을 괴롭히는 실존적 문제를 없애 버리든지, 아니면 당신 주변에 있는 속물들을 없애 버리든지. 속물들을 없애라는 건 살인하라는 말이 아니다. 당신이 그들에 대해 눈을 감으라는 얘기이다. 이중인격이나 오중인격으로 살아야 한다. 어느 쪽이든지 압력으로 작용한다. 그러나 어떤 사람들에게는 실존적 의문이 망령처럼 붙어 다닌다. 이와 반대로 어떤 사람들에게는 속물적 요구가 더없는 선결문제다.

이때 당신이 과감히 실존적 문제 쪽으로 방향을 튼다고 하자. 이제 당신은 따돌림당한다. 만약 이것이 두렵다면 실존적 문제가 당신을 쥐고 흔들게 해서는 안 된다. 그러니 이러한 결단에는 상당한 용기가 요구된다. 당신은 혼자다. 당신은 사유와 독서와 혼자만의 산책으로 삶을 살아나가야 한다. 당신이 피할 수 없는 친족 모임에 참여한다 해도 거기에는 단지 육체만 참석하게 된다. 스스로는 멍한 표정으로 주변에서 무슨 일이 벌어지는지, 누군가가 자신에게 어떤 말을 건네는지도 모른다. 빨리 혼자 있고 싶어진다. 홀로 독서와 사유의 세계로 빨리 들어가고 싶다.

여기에서 내면적 문제와 사회적 문제가 충돌하게 된다. 확실히 인간 조건은 두 가지에 매인다. 실존적 문제와 사회적 문제에. 그러나 이것은 분리되어 존재하지 않는다. 만약 실존적 문제에 비중을 높이 두면 사회적 문제는 벽에 부딪히게 된다. 실존에의 관심은 외부세계로부터 내면에로의 선회를 의미한다. 이것이 외부 사람들에게는 오만으로 느껴진다. 사실 그는 그들에게 오만하다기보다는 무심하다. 그러나 잘난 대부분의 사람들은 무심을 오만으로, 의연함을 냉정함으로 간주한다.

실존적 문제에 관심을 기울이는 사람에게는 모든 사회적 관계와 행정적이고 정치적인 관계가 언제나 낯설다. 당연히 무심해지고 초연해진다. 그러나 사람들은 자기네가 관심을 기울이는 문제에 모든 사람이 관심이 있을 거라고 믿는다. 이들이 다수이다. 다수 이상이다. 거의 전부이다. 그러니 실존적 문제에 사로잡혀 그들에 대해 무심하고 그들이 관심을 기울이는 문제에 멍한 표정으로 대응할 때, 그 사람들은 자존심의 손상을 느낀다. 자기 자신들에게서는 어떤 문제도 발견하지 못한다. 이 사람들은 개인적이고 보편적인 문제에 한 번도 관심을 기울인 적이 없다. 고맙게도 대부분의 사람들이 자기네와 같기 때문이다. 짚단이 알곡보다 언제나 많다. 그러니 우리는 소외를 당하는 쪽이 어디인지는 당장 알 수 있다.

소외를 당하는 사람은 영문을 모른다. 자신은 누구에게도 해를 끼치지 않았다. 그런데 사회는 자기네에게 소홀했던 대가를 가혹하게 요구한다. 거칠고 험한 얘기를 쉽게 한다. 그중 가장 많이 나오는 비난이 '오만'이다. "그 사람 건방져."라는 선고를 내린다. 그러나 이것은 거의 누명에 가까운 비난이다. 특히 사회 경제적으로 무능한 사람들은 언제라도 밝히는바, 실존적 사람들은 대체로 여기에서 무능하다. 그런데 그 사람이 감히 아부할 줄 모른다면 볏짚은 기특하게도 마음 놓고 씹어댄다.

오만이란 실제의 자기 자신과 스스로가 생각하는 자기 자신 사이의 갭에 의해 발생한다. 이 차이만큼이 딱 오만이다. 별로 잘난 것도 없는 사람들이 자기 자신을 과대평가한다. 그러고는 스스로가 꽤나 잘났다고 생각한다. 이것이 오만이다. 모든 인간적 평가 기준은 내면적인 데에 맞춰져야 한다. 누군가가 당신에게 관심을 기울여주지 않았다고 해서 그가 오만하다고 할 수는 없다. 즉 오만은 누군가가 누군가를 대하는 태도 이전에 스스로가 자기 자신을 과대평가할 때 발생한다. 이러한 내면적인 오만이 외적으로 다른 사람을 멸시하거나 무시할 때에는 물론 안팎으로 오만한 사람이다. 그러나 밖은 안의 결과이다.

그러므로 내면적으로 오만하지 않은 사람이 외연적으로 오만할 수는 없다. 외적 오만은 내적 오만이 원인인바, 그 원인이 없기 때문이다. 실존적이거나 사변적인 동기로 내면에 침잠한 사람은 그 말의 본래적인 의미에서 오만하지 않다.

우리의 정치적이고 사회적인 삶 — 인간 존재의 두 번째 조건인 — 을 규제하는 가장 중요한 원리는 겸허이다. 사회적 미덕의 기초는 여기에 있다. 솔직함, 소박함, 배려, 박애, 자기희생 등의 여러 가치는 모두 겸허라는 본질적인 미덕 위에 번성한다. 자신이 남보다 더 우월할 이유가 없다는 생각, 자신이 다른 사람의 삶을 힘들게 해서는 안 된다는 생각, 나는 소멸해도 내가 사랑하는 사람들은 행복 속에서 번성하기를 바라는 마음 모두 스스로에 대한 겸허에서 나온다.

문제는 우리가 겸허라는 미덕에 부여하는 의미와 동기가 단일하지 않다는 데 있다. 가장 흔하게는 공포가 왕왕 겸허의 동기이다. 누구나 타인의 질투와 사회에서의 소외를 두려워한다. 상대편의 경계심을 누그러뜨리고 상대편으로 하여금 대등함이나 우월감을 느끼게 하는 것이 생존경쟁에 유리하다. 이것이 아마도 겸허의 가장 커다란 동기이다.

다음으로는 책임 회피이다. 더 많이 가진 사람이 더 많은 책임을 진다. 많은 사람들이 제 돈 쓰기를 죽기만큼 싫어한다. 그러니 매우 겸허하게도 없는 척한다. 이 경우 겸허는 엄살이고 그 목적은 책임회피이다. 모일 때마다 죽는소리하는 사람을 미워하는 이유는 다들 그 심적 동기를 눈치채고 있기 때문이다. 이때의 겸허는 허세의 대칭이다. 없는 척 할 때 겸허이고, 있는 척할 때 허세이다.

자신이 가진 어떤 것 때문에 다른 사람으로 하여금 상대적 결핍감을 더 가혹하게 느끼게 만드는 것은 물론 천하고 상스러운 짓이다. 가진 것에 대한 자랑 ― 그것이 물질적인 것이든 정신적인 것이든 ― 은 자제하는 것이 좋다. 이것은 아마도 고상한 종류의 사회적 겸허이다. 그러나 배려와 공포는 종이 한 장 차이밖에 없다. 스스럼없이 자랑해도 괜찮은 것은 노력하고 있는 자기 자신을 보여주는 것 외에 없다.

다시 말하면 선의와 배려에서 나오는 겸허는 고마운 것이긴 하지만 본질적인 것도 항구적인 것도 보편적인 것도 되지 못한다는 것이다. 가난한 이웃에 대한 배려에서 그에게 자신의 부를 드러내지 않는다면, 이제 대등하거나 나은 사람에게는 마음껏 자랑할 뿐만 아니라 심지어는 과장까지 할 터이기 때문이다. 미덕의 중심을 외부에 두기보다는 내면에 두는 것이 중요하다. 관계를 고려한 미덕은 어딘가 불안하다.

내게 상당한 정도의 부가 있다고 하자. 그러나 나의 관심은 나의 부에 의해 기가 죽는 다른 사람을 향하는 것이 아니라 측정 불가능한 무한대의 부를 지향한다고 하자. 이 경우 자신의 것을 자랑하게 되지는 않는다. 커다란 돈이 오가는 도박판에서는 자질구레한 돈에 대해서는 모두들 인심이 좋아진다. 마찬가지로 자기 관심이 엄청난 부를 가진 사람을 향해 있다면 자기가 가진 것은 자랑할 값어치도 없는 하찮은 것이다.

한 걸음 더 나아가자. 만약 내 실존의 문제라거나 예술적 감동과 창조 등에 관심을 기울인다면 세상의 물질적인 것에 대한 관심은 갑자기 소멸된다. 이상한 노릇이지만 정신적 몰두는 물질적 결여를 보상한다. 이때에는 자신이 가진 물질적인 어떤 것이 대단하게 생각되지도 않고, 남이 가진 물질적인 것들이 부럽지도 않게 된다. 이런 사람들에게 중요한 것은 '자기 개선'이다. 엄청난 부자를 바라보는 상당한 부자가 겸손해지듯이 정신적 성취에 있어 대단했던 과거의 천재들을 바라볼 때에 자신은 아직도 개선의 여지가 많은 사람으로밖에는 보이지 않는다.

겸허의 동기가 내면으로 쏠리게 된다. 주변의 누군가 더 많이 가졌다거나, 더 많이 안다거나, 더 높은 직위에 있다는 것 등은 하등의 관심사도 되지 못한다. 이런 사람들은 외부 세계에 대해 무심해진다. 삶의 의미와 가치가 거기에 있지도 않고, 자기 개선과 정신적 즐거움도 거기에 있지는 않다. 그에게 있어 좋은 삶이란 정신적 성숙과 계속된 자기 개선에 있다. 그에게 문제는 자신과 우주 사이에 존재한다.

본질적인 의미에서의 겸허란 따라서 끊임없는 자기 개선에의 요구 이외에 어떤 것도 아니다. 이때 비로소 겸허라는 미덕은 내면화되고 필연적인 것이 된다. 그러나 이러한 본질적인 겸허는 사회적 견지에서는 왕왕 오만으로 보여 진다. 자기 개선에의 요구를 가진 사람들은 그의 주변에 있는 사람들에게서 시선과 관심을 거두어들인다. 그는 아테네인들이 바라봤던 세계를, 혹은 모차르트가 창조한 세계를, 칸트나 쇼펜하우어 등이 제시하는 세계를 이해하고 또 거기서 얻는 지적 즐거움을 삶의 본질적인 요소로 보게 된다.

주변 사람들은 본질적인 즐거움도 가치도 주지 못한다. 칸트나 바흐를 상대하던 사람이 어떻게 주변의 우수마발들에게 존경과 헌신을 하겠는가. 통찰과 선율의 경이 속에 있던 사람이 어떻게 범용 가운데에 머물겠는가. 그도 물론 거칠고 불안한 삶을 살아가는 동포 시민들에게 공감과 연민을 느낀다. 또한 부모·형제에 대해서도 사랑과 공감을 품는다. 이러한 공감이라 해서 그것이 위선적이거나 우월적인 것은 아니다. 진실한 공감이고 연민이다. 그러나 삶의 우선적인 문제가 아니고 단지 밖을 향하는 따스한 시선일 뿐이다.

나 역시도 이런 종류의 사람인 듯하다. 어떤 별을 우연히 따라가다 이상한 운명을 택하고 말았다. 삶의 본질적인 의미와 이유에 대한 의문을 일관해서 가지게 된 운명, 일반적인 사람들이 중요하게 생각하는 문제에 대해 아무런 감흥도 느끼지 못하는 운명을. 그리고 모든 사람들이 중시하는 교제와 일에는 무심한 사람이 되고 말았다. 내가 오만한 사람인가? 그렇지 않다고 생각한다. 나는 나 자신을 이제 막 자기개선을 시작한 사람으로밖에는 안 본다. 부족한 사람이다. 나는 시시각각 자신을 심판대에 세우고 통렬히 비난한다. 어리석음과 탐욕과 허영과 무능에 대해. 나 자신이 하고 있는 어떤 일에 대해서도 항상 회의를 품는다. 그리고 내가 할 수 없는 일을 시도하고 있다고도 때때로 회의에 빠진다. 나와 누구를 비교해서 우월감을 느껴본 적도 없다. 나도 물론 누군가를 비난한다. 그러나 그 비난은 그 사람들의 무능이나 심지어는 태만에 대해서도 아니다. 단지 그들 삶이 외연적인 허영이나 기만을 향할 때에 비난할 뿐이다. 이것은 용납할 수 없는 악덕이다.

이것이 겸허가 아닌가? 한없는 자기개선 외에 다른 생활양식을 설정할 수 없다고 할 때 그것이 겸허 아닌가? 내적 겸허가 진정한 겸허가 아닌가? 사람들은 그렇지 않다고 말한다. 내면적인 겸허가 외연적인 오만이 되고 만다. 사람들은 이 사람 곁에 있을 때엔 계속 비난받고 있거나 무시당하고 있다고 느낀다. 그리하여 소외와 험담을 뒤에서 퍼붓는다. 그들은, 이 사람이 오히려 본질적인 겸허를 가지고 있다고는 생각할 수 없다. 왜냐하면, 그들이 아는 겸허란 아부와 공포와 비굴이기 때문이다.

자, 나 자신의 오만에 대한 변명을 늘어놓았다. 지금 모두에게 진실하고자 하는 바와 같이 나 자신에게도 진실하고자 노력하고 있다. 나는 내가 안다고 믿고 있는 사실을 피력하는 데 거리낌이 없었다. 왜냐하면 논의 가운데 개선이 있으려면 진실에 육박해야 하기 때문이다. 여기서 무식하고 게으른 사람의 자존심을 배려해야 하는가?

"아는 것을 안다고, 모르는 것을 모른다고 하는 것이 모름지기 군자의 도리"라고 고대 중국의 현인이 말한 바와 같이 나는 아는 것을 안다고, 모르는 것을 모른다고 말해왔다. 아는 것도 모른다고, 모르는 것도 모른다고 해야 겸허한 것인가? 왜 자신의 무지와 게으름에서 오는 열등감을 다른 사람의 오만의 탓으로 돌리는가? 물론 알고 있다. 많은 사람들이 아는 것을 모른다고, 모르는 것도 모른다고 말함에 의해 성공하고, 다시 아는 것을 안다고, 모르는 것도 안다고 말함에 의해 그들의 성공을 유지한다는 것을. 그러나 이런 종류의 사회적 격식이 역겹다. 단지 내 삶이 내 자격에 합당하기를 바랄 뿐이다. 가식적 겸양을 가지기도 싫고 거짓 권위를 가지기도 싫다.

더하여 나는 위선이나 허영이나 허위의식, 그리고 얄팍하고 피상적인 지식을 비난해 왔다. 그러면 이러한 것들에 대해 눈을 돌리고 입을 닥치고 있어야 겸허란 말인가? 만약 이것이 칭찬받는 겸허라면 이것은 우리는 어떤 자기 개선도 없이 다 같이 하수구에서 살자고 하는 얘기나 마찬가지다. 소외가 두렵다. 그러나 하수구에서 사는 것은 더욱 두렵다.

그러니 내가 오만하다는 평가를 받고, 그렇기 때문에 비난받고 따돌림을 당한다면 그것은 위에 말한 세 가지 동기일 것이다. 하나는 자신들에게 충분한 관심과 존경을 보여주지 않는다는 것, 두 번째는 자기네가 모르거나 이해하지 못하는 것을 말한다는 것, 세 번째는 자기네의 악덕이 비난받는다는 것이다.

그러나 말한 바와 같이 나는 자신을 오히려 겸허한 사람이라고 생각한다. 나는 세종대왕이나 렘브란트나 와또나 아리스토텔레스나 오컴을 한없이 존경한다. 이 사람들에게서 자기 삶의 개선과 자기 이해와 사유의 증진에 최선을 다한 멋지고 위대한 업적을 본다. 감탄하고 고맙게 느낀다. 심지어 이 사람들에게 감사의 제사라도 지내주고 싶다. 내게는 근본적으로 자기만족이나 자부심이 있을 수 없다. 끝없는 개선의 노력 가운데 죽게 될 사람이 무슨 자부심을 가지겠는가?

나는 또한 나와 다른 종류의 사람들에게 우월감을 품은 적도 없다. 물론 열등감도 느껴본 적 없지만. 인간이란 워낙 다양한 것이어서 세계관의 종류는 인간의 머릿수만큼 많다. 세계관과 관련하여 누가 누구보다 우월하단 말인가? 나는 어떤 사람이 실존적 문제에 관심이 없다고 해서 그 인생에 문제가 있다고는 생각하지 않는다. 각각이 각각의 분수와 적성을 갖고 태어난다. 또한 우연도 운명에 공헌한다. 나는 어쩌다 매혹적인 하나의 선율, 매혹적인 한 줄의 문장 등에 감탄하게 된 운명을 갖게 되었을 뿐이다. 누군가가 장엄하고 호사스런 아파트에 감탄하는 것처럼. 앞에서도 이야기한 바와 같이 인간이 동물에 대해 어떤 우월감을 품을 수 없는 것처럼, 누가 누구에게 우월감을 품을 수는 없다. 모든 사람이 실존적 문제에 대해 매진한다면 학생들은 누가 가르칠 것이며, 공장은 누가 운영하고, 농토는 누가 가꾸겠는가?

나는 단지 관심이 이러한 곳으로는 쏠리지 않는다고 말할 뿐이다. 이러한 기질과 생활양식이 주변의 어떤 사람들에게 큰 걱정이기도 했다. 사회성이 없다는 것은 인간적인 결함으로 간주된다. 내면은 없이 사회와 관계만 있는 사람들에게 사회성의 결여는 곧 인간성의 결여이다. 사회성의 부족은 생존 경쟁에서 불리하다. 인간이 다른 동물에 대해 유리한 점은 특유의 사회적 능력에도 있다. 분업과 어울린 협동 작업은 막대한 시너지 효과를 준다. 서부 유럽이 동부 유럽에 앞서 근대를 이룩한 동기는 서부 유럽 국가들이 먼저 국가라는 사회적 조직을 만들었기 때문이기도 하다. "우리가 남이냐?"는 의식은 그 '우리'를 생존 경쟁에서 유리하게 만들어 준다. 아마 나는 생존경쟁에서 상대적으로 불리하게 살아왔을 것이다. 내게는 그럴듯한 연줄이 있어 본 적이 없다. 그러나 조촐한 내 삶에 만족한다. 아니, 만족 이상이다. 삶이 조용하고 한가하게 흘러가기를 바란다. 좋은 일로도 나쁜 일로도 남의 입에 오르내리기 싫다.

그러나 사회적 삶이 전체 삶인 사람들에게는 조촐하거나 한가한 삶은 곧 패배를 의미한다. 그들은 많은 연줄에 의해 삶이 좀 더 풍요롭고, 재미있고, 번성하기를 바란다. 그러니 그들 나름의 사회적 겸허를 발달시킨다. 격식에 치중하고, 의미 없는 말들을 지껄이고, 허식적인 웃음을 날리고, 서로 언어도단의 찬사를 하고.

내게는 이러한 의식이 없다. 있다 해도 최소한이다. 물론 알고 있다. 그 '우리'라는 의식에 의해 내가 존재하게 되었고, 또 내 존재를 영위하게 되었다는 사실을. 존재를 긍정할 양이라면 사회도 긍정해야 한다고. 인간은 사회 속에서만 인간일 수 있으니까. 내가 사회를 불편하게 느끼는 것은 나의 존재를 비극적이거나 하찮게 생각해서는 아니다. 어쩌면 나의 사회적 참여는 긴 우회로를 돌기를 원하는 것 같다.

누군가가 내게 열변으로 권한 적이 있다. "공부를 했으니 좀 더 많은 시간을 좀 더 많은 학생을 가르치는 데 들이라"고. 사실 나는 젊은 시절에 많은 학생을 가르쳤다. 먹고 살아야 했으니까. 그러나 이것 역시도 내 성격에 맞지 않았다. 가르치는 일에 맞는 사람은 먼저 자기가 아는 것을 남에게 이해시키는 일을 즐거워해야 한다. 그러나 나는 나를 남들에게 이해시키기에 애쓰기보다는 이해시킬 만한 나를 만드는 데 더 애써야 한다고 생각해 왔다. 다들 배우기보다는 가르치기를 더 좋아한다. 내가 보기로는 남을 가르치기보다는 자신을 가르치기에 힘써야 할 주제밖에 안 되는 사람들이 남 앞에 나서 별로 들을만한 것도 못 되는 것을 지껄이려 무던히 애쓴다. 나는 오히려 왕왕 말문이 막히곤 했다. 내가 가르칠 자격이 되는가 하는 의문에.

사실을 말하면 나는 내가 대면해서 가르치는 소수의 사람들에게보다는 내 책을 읽게 될 다수의 사람들에게 많은 관심이 있다. 그리고 이것이 아마도 사회에 진 빚을 갚는 유일한 길이 아닌가 한다. 그러므로 나 역시도 엄밀하게는 사회로 돌아가게 된다. 단지 그것이 직접적이거나 개인적이지 않을 뿐이다.

누구도 진공 속에서 존재할 수 없는 것처럼 나 자신도 진공 속에서 존재할 수 없다. 나 역시 사회의 일원으로서 사회로부터 커다란 은혜를 입었다. 배은망덕은 내가 혐오하는 악덕이다. 무엇인가 내 몫을 사회에 해야 한다. 나는 단지 내 일이 사람을 직접 상대하는 것이기보다는 간접적이고 포괄적이기를 원할 뿐이다. 이것도 물론 사회적이지 않으면 불가능하다는 사실을 출판할 때 알았다.

사회 경제적 측면에서의 생존경쟁에서 내가 계속 불리한 입장에 있었던 것은 사실이다. 나는 심지어 원고 뭉치를 들고 여러 출판사를 전전해야 했다. 열한 군데서 퇴짜를 맞았고 어떤 우연으로 십 년 만에 첫 책을 내게 되었다. 이것은 인문학에 관련된 책들이었다. 이후로 내 원고를 여러 출판사로 보낼 일은 없게 되었다. 연줄이 생겼으니까. 그러니 사회적 연줄이 개인 삶에 미치는 영향은 절대적이다.

주위 사람들은 나의 성향이 나의 사회적 삶을 힘들게 하는 것이 걱정이다. 모든 사람들이 실존적 삶보다는 사회적 삶을 중시하고, 더구나 그 성향도 실존적이기보다는 사회적인 것 같다. 사회 전체로 보아서는 다행이다. 나 같은 사람은 결국 사회적 잉여생산이 없으면 존재할 수 없으니까. 그러나 "구차한 수입을 얻으려 애쓰기보다는 구차한 지출을 줄이라"고 말한 스토아주의 철학자에 나는 전적으로 동의한다. 나는 물질적 향락을 경계하고 두려워한다. 언제라도 가난뱅이의 삶을 각오하고 있고, 최소한만으로 살 수도 있다고 각오를 다진다. 이것이 자유에 부여하는 나의 의미이다. 풍요에 대한 익숙함이 오히려 부자유이다. 그것이 박탈됐을 때 견딜 수 없는 고통을 겪는다면 그것이 축복일 수는 없다. 그러므로 물질과 육체적 향락은 하나의 구속이다. 돈은 자유보다는 부자유에 공헌한다. 우리 삶의 근거를 외부에 두면 둘수록 부자유는 증가한다. 이것이 내 생각이다.

이러한 성향이 오만에서 비롯된 것은 아니다. 나는 부족한 사람이라고 느끼고 또 그렇게 행동한다. 오늘도 잘 생각하려 하고 조금 더 나아지려고 마음을 다지고 있으니까. 내가 생각하는 겸허와 사회 일반이 생각하는 겸허가 다를 뿐이다. 나는 '겸허란 끝없는 자기 개선에의 의지'라고 생각한다. 반면에 사회는 자신을 낮추고 여러 사람과 친근하게 잘 어울리는 것을 겸허라고 생각하는 듯하다.

어떤 사람은 말할지도 모른다. 내면적으로 자기 개선의 의지를 지니고, 사회적으로 여러 사람과 잘 어울리면 되지 않느냐고. 모르는 소리다. 이것은 불가능하다. 왜냐하면 서로 대립적이기 때문이다. 내면에 잠기며 동시에 사회를 배려할 수는 없다. 그러므로 나는 단지 사회에 대해 바란다. 내게 사회적 요청을 안 해주기를. 내가 사회의 물질적 자원을 많이 쓰는 사람도 아니지 않은가.

그리고 내게 오만이고 뭐고 간에 아무 말도 안 해주기를. 칭찬을 바라지 않으니 모멸감도 주지 말기를. 나는 사회가 주는 멸시를 많이 받고 살아왔다. 사회성이 부족하니 경제적 능력도 있을 리 없었다. 보태줄 능력도 안되는 사람이 초연하고 냉랭하니 얼마나 멸시하고 싶겠는가. 멸시와 모멸에는 면역되지 않는다. 그러니 사회가 두렵고 사회의 몰이해와 무지가 공포스럽다. 나를 둘러싼 무지는 나를 질식시킨다. 내게 아무 말도 안 했으면 좋겠다. 왜 잠자코 있는 내게 그렇게도 모욕을 안겨주지 못해 안달인가? 모욕이 두려워 외로움을 견디는 훈련을 끊임없이 해 온 어떤 사람이 눈에 보이지 않는가?

One Man's Dog

나의 육체가 나의 마음보다 민첩하게 움직여나갔다.

나는 머무르지만. 세월은 소년을 이끌고 앞서 나갔다.

과거는 빛의 사라짐이다.

젊은 날의 영상은 이미 은하계를 벗어났다.

내 마음은 그러나 빛보다 느리다.

인생이란 무엇일까?

인간의 짧은 변덕보다 더 짧은 이 인생이란?

겉치레를 반가워할 만큼 나의 마음이 변했다?

그것을 냉소했었는데.

듣기 좋은 빈 소리를 마음 놓고 비웃으며.

"구원의 호소 없이 살 수 있다"고 싹수 없이 지껄여가며.

새로운 어리석음은 언제부터인가?

5

노인 공경의 이유

잠들었을 때의 생리적 요구는 귀찮다. 잠이 방해받을 때에는 심란해진다. 태아가 출산 때 우는 것도 방해받은 숙면 때문에 화나서이다. 잠이 달콤하다는 것을 생각하면 죽음도 생각처럼 낯선 것은 아니다. '죽음처럼 깊은 잠'이라는 수사는 죽음도 깊은 잠처럼 달콤하다는 말로 들린다. 때가 되면 잠들듯이 때가 되면 죽음을 맞는다. 슬플 이유 없겠다. 영혼 불멸은 누군가 꾸며낸 얘기이다. 그런데 왜 이런 반갑지 않은 것을 꾸며냈을까? 영혼이 산다면 죽음은 없다. 께름칙하다. 계속 산다는 사실이. 죽을 땐 모든 것이 사라져야 하지 않는가. 그런데 죽음 이후를 누가 아는가?

화장실에 갈 때에는 눈을 반쯤 감고 의식을 가능한 한 잠재운

채로 볼일을 본다. 겨냥하려니 각성상태에 가야겠지만, 각성상태를 얼른 저버리고 무의식의 세계로 빨리 되돌아가고 싶다. 정신이 맑아지면 다시 잠들지 못한다. 계속 멍해 있어야 한다. 그래야 다시 빨리 돌아갈 수 있다. 고요와 어둠과 죽음의 세계로. 꿈조차 없다면 더욱 좋은 잠이다. 거기에선 평온이 이불처럼 우리를 덮는다.

잠은, 노인에게보다는 젊은이들에게 친절하다. 아무 곳에서 아무 때나 잘 수 있는 것은 젊음의 축복이다. 잠이 까다로운 요구를 할 때 늙어 가기 시작한다. 자, 이제 너도 곧 영원 속에서 해체될 것이다. 너는 슬퍼하고 있다. 늙고 죽는다는 사실에. 죽음에 가까워질수록 죽기가 어려워진다. '다시 깰 기약 없다'는 공포가 생겼을까? 언제부턴가 깨어나게 되면 잠들기 어려워지게 되었다. 마음은 상념으로 혼란스럽다.

사랑하고 미워했던 사람들, 어리석고 속절없었던 젊은 시절들, 사랑했던 사람들에게 가했던 뜻 없는 고통들……. 모든 부질없던 것들. 나의 나무에도 유령들이 내려앉는다. '새벽이면 날아갈 하얀 비둘기들과 같은 유령들.' 과거가 미래보다 더 많이 마음을 채울 때 그 사람은 이제 늙어가기 시작한다. 삶을 이끄는 것은 추진력이 아니다. 우리는 그저 관성으로 살아간다.

꿈조차 없이 잠들었던, 드물게 행복했던 어느 날 밤, 화장실

거울을 보며 나는 깜짝 놀라고 있었다. 내가 미친 것일까? 그럴지도 모른다. 내가 요새 혼잣말도 하고 방금 들었던 말도 되묻곤 했다. 우리 집 주소나 내 전화번호도 종종 잊는다. 심지어는 점심을 먹었는지 안 먹었는지 궁금하다. 오후 두 시쯤이면 그 의문으로 답답할 때가 있다.

오만 가지 생각이 마음을 스치고 지나갔고, 온갖 기적奇跡이 다 상상됐다. 불가해하다. 돌았다는 것이 정확하다. 세계가 잘못되었을 리가 없다. 잘못된 것은 나다. 세계는 한결같고 초연하지만 나는 변덕에 휘둘린다. 온갖 헛것을 보아왔고 온갖 욕심을 품어오지 않았는가.

오랫동안 잊어왔던 어떤 사람인가가 나를 바라보고 있다. 낯익은 사람이다. 초췌하고, 지치고, 머리털은 거의 센, 수십 년 전의 아버님이. 그분 역시 몹시 놀란 표정을 지은 채로. 어디엔가 은밀히 숨어 있었다. 내 집에 그의 영혼이 머물러 있었다. 모든 사람이 잠들기를 기다렸을까? 우리 잠의 세계는 아버님의 의식 세계인가? 내 비겁한 심장은 얼어붙었다. 다행히 나의 얼이 되돌아왔다. 하마터면 비명을 지를 뻔했다. 거울에 짖어대는 강아지를 비웃으면 안 되겠다. 내 꼴이 그렇다.

운명의 역설이고 인간성의 약함에 대한 야유. 바로 나이다. 나도 이미 늙었다. 단지 내 마음이 나의 늙음에 눈감았을 뿐이다. 내 마음속의 나는 아직 싱싱하다. 언제라도 여자를 유혹할 수 있다. 그러나 거울 속의 나는 이미 초라하고 지쳐있다. 언제부턴가 사진 찍히기를 거부했다.

어른스러운 사람으로 보이려 했던 것은 바로 엊그제였다. 나도 세계에 대해 발언권을 갖고 싶었다. 콧수염을 기르려고도 했다. 노련해 보이고 싶어서. 코에 까만 테이프를 붙이고 시뮬레이션을 했었다. 만인의 비웃음 속에 끝난 소극이었다. 기억은 선명하지만 마음은 변하고 말았다. 그것은 아직 젊었을 때였다. 이제는 젊어 보이고 싶을 뿐만 아니라 젊다고 생각한다. 멍청한 노인네! 얼마나 큰 비웃음을 사려 하는가.

나의 육체가 나의 마음보다 민첩하게 움직여나갔다. 나는 머무르지만, 세월은 소년을 이끌고 앞서 나갔다. 과거는 빛의 사라짐이다. 젊은 날의 영상은 이미 은하계를 벗어났다. 내 마음은 그러나 빛보다 느리다. 인생이란 무엇일까? 인간의 짧은 변덕보다 더 짧은 이 인생이란? 겉치레를 반가워할 만큼 나의 마음이 변했다? 그것을 냉소했었는데. 듣기 좋은 빈 소리를 마음 놓고 비웃으며. "구원의 호소 없이 살 수 있다"고 싹수 없이 지껄여가며. 새로운 어리석음은 언제부터인가?

"선생님은 갈수록 젊어지시는 것 같습니다. 작년보다 올해에 얼굴이 더 좋습니다." 이 젊은이는 아쉬운 요구가 있다. 지금 없다 해도 조만간 있다. 천만의 말씀을 하고 있으니. 젊은이의 애교는 본능 속에 있다. 그들 생존은 우리에게 달려있다. 자기도 살아야 한다.

"젊은이, 마음을 속이지 말게. 자네 말 대로가 아님을 알고 있네. 오히려 자네 말과는 반대가 더 진실이라는 것도. 나도 세월이 주는 고통을 남 못지않게 겪었네. 나이보다 젊게 보인다고? 젊은 노인이란 모욕일세. 그것은 철부지 노인이란 얘길세. 나를 누구로 아는가. 세월을 붙잡는 사람으로 아는가. 노년을 두려워할 비겁한 사람으로 아는가. 섭리를 거스르는 바보로 아는가. 다시는 그런 소리 하지 말게. 사람을 시험하면 안 되네."

분별이 하는 소리이다. 그러나 표정은 환한 기쁨을 드러냈을 터이다. 마음은 이성을 배반한다. 이마를 찌푸린 것은 단지 노력이었다. 눈은 이미 웃었다. 어떤 빛이 스치듯이 눈에서 빛났다. 젊음의 봄에 동반되었던 그 빛, 나이가 들어가면서 없어져 가는 광채. 모든 사람에게 있듯 내게도 있었던 그것. 생명의 힘찬 약동. "나도 한때 사랑받았노라"고 말하는 그 빛. 거울을 안 봐도 알 수 있다.

이 빛은 나의 어리석음에 다름 아니다. 속마음을 드러내고 말았다. 나이가 아깝다. 세월을 잊고 마는 나의 어리석음. 분별의 허약함이여! 허영의 무가치함을 수십 년이나 경험하지 않았는가. 그러나 이조차도 언젠가는 없어질 것이다. 삶보다는 죽음에 훨씬 가까워져, 나의 죽음 위로 새로운 생명이 자라야 하지 않겠는가 하고 생각할 그날이 순식간에 다가올 것이다. 이 빛조차 부질없게 느껴질 그날이. "죽음을 품고 살아라. 시간은 화살과 같다"고 말한 사람은 호라티우스였다. 라틴인들은 멋지게 말할 줄 안다.

나는 멍청하게도 노욕을 부린다. 아직은 태양의 마지막 낙조가 있다. 태양이 아무것도 남기지 않는다고 생각지 말라. 내게도 무언가가 남아있다. 그러니 젊은이들이여, 그대들의 거짓말은 놀라운 직관과 지혜를 말한다. 속이 보여도 괜찮다. 부디 많이 해주기 바란다.

나이가 지혜를 가져다준다고? 노인네들이 지금 속임수를 쓰고 있다. 세월과 노인네가 같이 작당해서, 늙어본 적이 없는 젊은이를 기만하고 있다. 젊은이들은 속고 만다. 그들은 협잡질에 항체가 없다. 순박하다. 아직 노년을 살아보지 않았다. 그래서 살아본 사람을 신뢰한다. 일반적인 믿음과는 상관없이 시간은 지혜를 가져다주지 않는다.

'육체의 노쇠가 지혜'라는 어느 시인의 언급은 자신의 육체적 허약에 대한 변명이고, '세월은 머리카락을 가져가고 지혜를 가져다준다'는 것은 어느 극작가의 대머리 옹호론이다. 자기 자신도 대머리였다. 그러나 세월은 머리털뿐만 아니라 지혜도 가져가 버린다. "늙으면 애 된다"고 하지 않는가. 세월이 가져다주는 것은 안타깝지만 지혜와는 아무런 상관이 없는 것, 혹은 오히려 지혜와는 적대적인 것이다. 오만, 비겁, 독선, 짜증, 분노, 성마름.

좌중의 젊은이가 내 얼굴을 바라볼 때 얼굴이 붉어지고 화끈거린다. 무언가를 기대하고 있다. 좋은 말이 나올 걸로 기대한다. 존경의 빚을 지혜로 갚아야 한다. 나는 채무자다. 기대를 배반하는 것도 미안하고 무능함의 고백도 부끄럽다. 무슨 진리를 알고 무슨 분별을 지니고 있겠는가. 나도 모르는 소리를 떠들어대며 심원하다는 인상을 심어주는 것은 사기꾼이나 할 노릇이다. 거드름과 자애로움을 반반 섞어서 하는 심오한 언급들. 그러나 빌어먹을 개소리이다. 많은 사람들이 그것으로 밥벌이를 한다. 나는 사기칠 주변도 안 된다.

젊은 사람들은, "그만큼 살았으니 당신은 우리에게 무엇인가 해줄 말이 있겠지요."라고 생각할 것이다. 그러나 많은 사건을 겪고 많은 책을 읽은 것은 지혜와는 아무 상관 없다. 슬프게도, 더 큰 혼란 속에 잠겨서 한층 어리석은 헛소리나 하게 되었다. 세월을 신용할 것이라면 차라리 2백 년쯤 묵은 거북이나, 천 년쯤 된 세쿼이아에게 기대하는 편이 더 낫다. 아니면 수억 년의 세월을 겪은 삼엽충류의 화석을 신용하든지. 그것들은 최소한 침묵할 줄 안다. 시끄러운 장광설로 젊은이 머리를 휘저어 놓지 않는다.

분별이 있다면 다행히 다음과 같은 것이 있다. 눈이 조금씩 침침해지고 바람만 쐬어도 눈물이 난다. 귀도 조금씩 안 들리니 자꾸 되묻게 된다. 그리고 그 굼뜬 행동이란! 나 자신이 내게 답답하고 한심해진다. 오래 사용했으니 감가상각減價償却이 발생하고 있다. 이것뿐이 아니다. 새로운 것들에 대한 호기심보다는 낡은 것에 대한 친근감이 더 커지게 되었고, 시대가 바뀌는 것이 두렵게 되었다. 새로운 것을 또 배워야 한다는 사실에는 겁부터 난다. 이제 젊음을 위장해도 안 되고, 젊은이의 세계 속에 편안하게 어울릴 것을 기대해도 안 된다. 젊은 척하기보다는 잘 늙으려고 애쓸 나이가 되었고, 젊은이들에게는 고지식하고 답답한 사람이 되어간다는 것을 알아야 할 나이가 되었다. "절망조차 힘이 빠져 파괴력을 잃었을 때"가 되었다는 것을. 이것을 알 정도로만 분별 있게 되었다.

젊은 시절로 되돌아가기를 원치 않는 나의 냉정함도 고맙다. 이것도 고마운 분별이다. 기듯이 빠져나온 세월이었다. 판단과 분별은 잠들어 있었다. 나는 더듬어야 했다. 주변은 온통 암흑이었다. 인생은 한 번 사는 것으로 충분하고, 젊음의 설렘과 불안정은 한 번 겪는 것으로 족하다. "순결한 소녀는 첫사랑의 저녁에 고뇌를 알고 눈물짓는다"고 하지 않는가. 생명의 설렘과 맺어진 그 고뇌. 지식은 아무것도 아니고 상상이 전부여서, 조용한 지혜보다는 열띤 정열이 훨씬 그럴듯하다고 해도 그것은 젊은 시절의 문제이다. 이제는 터무니없는 희망으로 나의 평온을 깨뜨릴 일도 없고, 덧없는 열망으로 지친 인생을 재단裁斷할 일도 없다. 얼마나 큰 꿈으로 이 헛된 인생을 물들였던가! 얼마나 큰 기대로 미래를 기다렸던가!

꿈이 나를 속인 것을 이제 알겠다. 꿈이 실제보다 더 의미 있고, 상상이 지식보다 훨씬 큰 것이어서 영혼으로 되살아난 지젤Giselle이 시골 처녀보다 훨씬 숭고했다고 해도, 나는 더 이상 그러한 열정으로 지배받기를 원치 않는다. 자연은 빠르지도 느리지도 않게 나의 노년과 운명의 그날을 예비해줄 터이다. 나의 눈이 닫히게 될 그날. 아득하게 모든 것이 사라져갈 그 순간. 눈까풀은 돌처럼 무거울 것이다. 고맙게도 자연은 유한하다. 우리의 서두름에도, 우리의 지체遲滯에도 개의치 않는 자연은. 모든 것에 무심해진다는 말년. 그때까지 어떠한 욕망에도 자유롭고 어떤 운명에도 희롱당하지 않게 되기를 바랄 뿐.

"지혜는 아닐지라도 신중함이 있지 않은가. 우리는 그 조심스러움만으로도 충분히 존경받을 자격이 있고."하는 노인네가 있다면, 나는 그 허세를 더욱 비웃어주겠다. 그 조심스러움은 실수를 두려워하게 된 늙은이의 비겁이다. 무조건적 두려움은 어떤 과오보다도 더 무의미한 과오이다. 오류가 없는 위대함이 이 세상 어디에 있는가. 오류가 없어서 루소가 의미 있는가? 뉴턴은? 칸트는? 천만의 말씀이다. 그들의 위대함은 정확했다기보다는 자기 정열의 가능성을 끝까지 밀고 나갔다는 데 있다. 그러니 옳은 것만큼이나 틀린 것도 많다.

노인네의 신중은 단지 공포이다. 틀릴 것이 두려워 아무 답변도 안 하려는 생도이다. 설치류들의 조심성이 그렇다. '이제 여기에 안개 내려 아무도 더는 볼 수 없게 된' 두려움. 이러한 신중이 인류를 물들였다면 우리는 어떤 실험적 시도도 안 했을 것이고, 아직도 동굴 속에서 살고 있을 터이다. 공포와 암흑에 잠겨. 그러니 신중의 이유로 노인네를 존경해서는 안 된다. 진리를 밝혀주는 것은 젊음의 정열이지 늙은이의 까탈스러움이나 공포심이 아니다. 용기와 지혜는 부자지간이다. 어리석음은 비겁에서 온다.

나는 엊그제, 두 청년이 열띤 토론을 하는 것을 의도치 않게 들었다. 그들은 억제된 정열로 낮게 이야기했다. 그러나 힘차게 들렸다. "나는 마르크스와 프로이트가 동시에 종교적 환상에 대해 말하는 것에는 우연의 일치 이상의 것이 있다고 생각해. 그 둘의 이론 역시도 환상이라는 거지. 마르크스는 물질의 환상, 프로이트는 무의식의 환상. 자기네들의 환상으로 종교적 환상을 대체하려 하는 거지." 이것은 '갑'청년의 놀라운 주장이다. 그러나 '을'청년은 한걸음 더 나가고 만다. '갑'에게 놀란 나는 이미 혼이 나가고 있었는데. "사는 것도 환상이고 믿는 것도 환상이야. 새로운 진리는 새로운 환상이야. 종교도 육체적 해체를 다른 환상으로 꾸며대는 거야. 모든 것이 환상이야. 물리학도 환상이고, 생물학도 환상이고, 지금 이 순간도 환상이야. 인생이 이렇다 저렇다, 삶에는 이러저러한 진실이 있다고 떠들어대는 것은 기성세대가 자기네 이익을 위해 환상을 창조하는 거지. 환상을 실재로 알고, 이익을 정의로 알고, 탐욕에 보편성을 부여하지. 위선이거나 무식이거나."

'기성세대'인 나는 얼굴이 온통 화끈거렸다. 등을 돌리고 있던 것이 그나마 다행이었다. 젊음이 지닌 용기와 단순함에는 경탄하고 말았다. 이것은 제법이다. 우리는 정말이지 우리의 안정과 안일을 위해 계속 거짓말을 하고 있는 것은 아닐까. 젊은이의 직관이 이것을 꿰뚫어 보고. 그 직관은 순결한 마음에서 나왔다. 인생에 치근덕거리지 않는 순수함. 나는 한심하게도 참지 못하고 나선다. 젊은 시절 용기가 그 끄트머리나마 남아있다.

"너희도 인생을 살아보라. 잠깐의 실수와 오류가 나머지 인생 전체를 얼마나 힘들게 하는가를 경험해 보라. 환상을 부수겠다는 너희 용기가 부딪치게 될 벽이 어떠한 것인 줄 아는가. 세상 전체와 싸워보겠는가. 너희들의 만용과 패배가 너희를 사랑하는 사람들에게는 무엇이 될 거라고 생각하는가. 너희들을 소중히 여기는 사람들이 너희에게 먼저 중요한 적이 있었는가. 그들 가슴에 못을 박을 용기가 있는가. 이 모든 것을 고려하라. 그래도 큰소리치겠다면 기성세대는 욕을 얻어먹으마. 기성세대가 젊었을 때 달리 생각했을 것 같은가?"

결국 이 말은 마음속에서만 맴돌았다. 그들이 있던 자리에는 땅거미와 낙엽만이 남아 있었다. 그들은 사라졌다. 홀연히 사라졌다. 가을바람이 낙엽을 쓸고 갈 때, 그들도 쓸려가고 말았다. 그들의 목소리는 아직도 남아 있는데. 자취는 그림자조차 사라졌다. 정열과 결의에 찼던 단호함. 그 목소리들은 누구의 것이었나. 그 아름다운 목소리는.

나의 꿈이 실어온 부질없는 상념이었다. 모든 것이 나의 혼잣말이다. 나의 몽상이다. 때때로 젊은 시절을 그리워하지 않는가. 꿈꾸듯이 상념에 젖지 않는가. 나의 몽상은 언제라도 나를 젊은 시절의 가을날로 실어가지 않는가.

꿈이 아닐지도 모른다. 그들은 아직 살고 행동하기에 바쁜 것일 뿐. 한 장소에 오래 머무를 수가 없다. 그들은 내가 돌아설 틈도 없을 만큼 바빴다. "얼른 집으로 가야겠다. 두 떠버리 얘기를 마음속에 새기면 안 된다. 머뭇거리면 감기에나 걸린다. 날이 이미 저물고 바람은 차갑다. 그들은 그들의 삶을 살고, 나는 감기 안 걸리는 삶을 살면 된다." 이것이 늙어가는 사람이다. 누군가가 내게 말했다. "노익장은 미친 짓이라고." 빨리 가서 누워야겠다.

열띤 정열은 경박한 판단이나 어리석은 이론을 보상한다. 결의와 용기여! 언제라도 생명과 우주를 해명한다. 우리는 여기에 많은 것을 빚지고 있다. 나의 생각과 나의 느낌과 나의 전 존재가 여기에 빚지고 있다. 그러니 젊은이들이여, 신중도, 조심도 필요없다. 그것은 쓰레기처럼 넘쳐난다. 드문 것은 도약이다. 정열을 끝까지 이끌고 가라. 그리스 예술가들의 오류는 우리의 진실보다 가치 있다. 중요한 것은 약동이지 분별이 아니다.

그러니 슬프게도, '신중함'의 이유로도 노인네들은 존경받을 수 없다. 그들의 생각이나 행동에 어떤 파격破格이나 실수가 없다는 것은, 그들이 이것들을 세월이 축적한 습관으로 눌러서 통조림으로 만들었기 때문이다. 어떤 생명력도 없는 깡통 속의 고기 나부랭이들이다. 거기에 세균이 없다 한들 무엇이 좋은가. 생명의 진공상태. 허깨비들의 음식.

그러면 무엇이 남을까? 우리가 존경을 정당하게 요구할 근거는? 살아 있는 모든 것들이 결국 늙기 때문인가? '우리도 언젠가는 늙겠지'하는 생각이 젊은이들로 하여금 노인을 존경하게 만들까? 이것은 타산적이다. 젊은이들은 그러나 타산적이기엔 지나치게 멍청하다. 젊은이들은 '자신도 늙는다'는 사실을 전혀 모른다. 젊음이란 살기에도 바쁜 어떤 것이다. 그들은 영원한 젊음이라는 환각 속에 산다. 영원히 살 것처럼 계획한다. 늙는다는 것은 실제로 늙어가야 인식된다.

이것뿐이 아니다. 자신들도 결국은 그렇게 될 어떤 것을 존경한다면 먼지와 잿더미도 존경해야 한다. 먼지로 소멸하지 않을 인생이 어디에 있는가. 모든 것이 결국 흙으로 돌아간다. 살아있는 인류는 죽은 인류의 시체 위를 얇게 두르고 있다. 시체는 모두 먼지로 변한다. 보살펴지지 않던 무덤은 이제 흙더미에 지나지 않게 되고 나중에는 거기에 죽은 사람이 누워 있던 흔적조차도 안 남는다. 먼지이다. 먼지는 기억되고 존중받기보다는 잊혀 진다.

나는 서글프게도, 우리가 존중받을 이유보다 존중받지 못할 이유를 알게 되었다. '버려지는 아이와 술주정뱅이 아버지'는 흔한 주제이다. 버려진 아이가 리포터에게 말한다. "아빠, 보고 싶어요." 우리는 죄인이다. 술주정뱅이 아버지거나 버려진 아이에게 무심하게 지내는 이웃이거나. 수돗물로 배를 채우고 잔다. "배고프면 어떻게 하지?", "그냥 자요. 물 먹고." 아이의 눈에도 리포터의 눈에도 눈물이 고인다. 화면이 갑자기 흐려지고 떨려 보인다. '생명의 약동'과 삶의 즐거움은 어디에도 없다. 아이들이 가지는 행복이 그에게는 없다.

아이는 단지 아빠를 원한다. 리포터는 먹고 자는 문제만 묻는다. 아이는 머리를 흔든다. 질문을 못 알아듣는다. 아빠를 찾아준다는 약속에만 매달린다. 아이는 같이 살아온 사람을 찾을 뿐이다. 엄마는 기억할 수 없는 먼 시절에 집을 나갔다. 아빠의 잠든 숨소리만이 그의 전체 우주였다.

불행은 삶에 대한 왜곡된 무의미를 주고, 사람을 바보로 만든다. 어린 시절의 불행은 더욱 그렇다. 불행처럼 사람을 바보로 만들고 어리둥절하게 만드는 것은 없다. 사랑받아본 적이 없는 아이는 지혜로운 어른으로도, 사랑할 줄 아는 사람으로도 성장할 수 없다. 오히려 증오와 불신을 키우고 스스로의 어리석음 속에 묻히고 만다. 적대감 속에서는 모든 것들이 증오와 냉소의 대상일 뿐이다.

"나는 어떤 잘못도 저지르지 않았다. 그런데 이 유형流刑의 삶은 무엇인가. 삶과 세상이 어쩌면 이렇게 부당할 수 있는가." 이러한 생각이 그들의 마음속에 형성되면 나이 먹은 사람들은 존경받을 이유를 잃는다. 그들에게 삶과 세상이란 어른들의 것이다. 그들은 이 세상에 대해 어떤 일도 안 했다. 이 세상을 이렇게 만든 것은 우리다.

젊은이들은 그들의 존재를 우리에게 빚진다. 생물학적으로 그렇다. 우리가 없었다면 그들도 없었다. 우리는 하나만은 분명히 말할 수 있다. "우리가 너희를 생성시켰다"고. 그러나 '존재하게 했다'는 사실이 존경의 무조건적 근거가 되지는 않는다. 그들은 자기 존재에 대해 어떤 선택도 할 수 없었다. 불현듯 낯선 세계가 그들을 맞았다. 행복은 무조건이 아니다. 그들은 무조건 태어났지만 행복은 조건을 요구한다. 그러므로 존재 자체가 행복일 수는 없다. 존재가 고통스럽고 불운하다면 오히려 증오와 불신의 근거가 된다.

그들을 낳은 것은 우리를 위해서였다. 삶의 유한성이 공포였다. 자기의 존재가 먼지처럼 사라지고 어디에도 흔적을 남기지 못할 것이란 공포심이 아이를 만든다. 이제 자기 존재가 시간을 통해 살아남는다. 스스로를 영원 속에 고정시키지 못하는 무능이 동물의 운명을 받아들였다. 젊은 사람이 누구를 위해 존재하는가. 우리를 위해서이다. 태어나게 한 것만으로 은혜를 베풀었다고? 빌어먹을 개소리. 역겨운 자기기만.

젊은 사람들이 자신의 존재를 긍정하게 된다면? 이것이 기성세대가 존경받을 근거다. 세상에 대해 잘하는 것이 우리가 존경받을 근거다. 어떤 젊은이가 자기한테 잘해달라고 요구하는가? 나는 이런 요구를 들어본 적 없다. 그들은 그저 좋은 세상이기를 바란다. 이것은 우리의 책임이다. 세상을 살만한 곳으로 만들고, 인생이 영위할 만한 가치가 있도록 만드는 것 — 우리가 존경받을 유일한 자격이다.

그러므로 존경은 젊은 사람들의 문제가 아니라 우리의 문제다. 효자 자식은 부모가 만든다. 마찬가지로 존경하는 젊은이는 우리가 만든다. 존재하게 해준 것에 대해 감사하게 하려면 그 존재 자체가 의미 있고 행복해야 한다. 이것은 세상에 대해 더 힘을 지닌 기성세대가 할 일이다. "태어나게 해 달라"고 그들이 우리에게 부탁한 것은 아니지 않은가. 우리가 멋대로 생명을 불어넣지 않았더라면 암흑의 대지大地에서 '편히 자면서 쉬고' 있지 않았겠는가. 이 세상에 무조건이란 없다. '노인공경'도 조건이 있다.

여기에는 이해하기 어렵거나 모호한 요소가 없다. 이것을 알기 위해 철학적 숙고나 논리적 통찰이 필요하지도 않다. 무슨 이유로 젊은이들이 지하철에서 자리를 양보하기도 하고, 길을 비켜주기도 하고, 눈을 내리깔기도 하겠는가? 노인네들이 더 지혜롭다거나, 더 오래 살았다거나, 더 신중하거나, 먼저 살았기 때문은 아니다. 누군가 이 중 어느 것을 주장한다면 요구되는 것은 양심의 검증이다. 기만은 효율적이지도 항구적이지도, 올바르지도 않은 생활양식이다. 그러니 좀 더 정직하고 솔직해질 필요가 있다.

젊은이들은 기억조차 못할 아득한 시절부터 '노인을 공경하라'고 세뇌되고 교육된다. 기억도 못할 시기에 심어진 관념은 일생에 걸쳐 마비적 효과를 가진다. 그리고 자신이 늙으면, 존경받을 이유가 위에 제시된 어떤 것에도 근거하지 않는다는 것을 알게 되지만, 자신이 기득권자가 되는 것이니 그 속임수를 그대로 쓰기로 자신과 타협해버린다. 그러니 노인공경은 계속적으로 속고 속이는 협잡이다. 협잡질이 우리 효의 근원이다.

공짜보다 비싼 것은 없다. 노인공경도 공짜는 아니다. 노년이 젊은 세대들로부터 오는 존경으로 싸이기를 바란다면 존경받을 근거를 지녀야 할 것이고, 그것은 '나이가 벼슬'이라는 근거로는 아니다. 근거는 '자신을 존재하게 해준 전前 세대'에 대한 젊은이들의 감사이다. 그러니 먼저 그 존재가 즐거워야 할 노릇이다. 자기의 존재가 행복하고, 정의롭고, 힘찬 것이라면 인생은 살만한 것이 된다. "낳아주셔서 고맙습니다."라는 말이 절로 나온다.

아니라면 허약해진 육체와 무력해진 동작과 이기적인 마음에 대한 젊은이의 동정 외에 없다. 동정을 받는 것은 그럴듯한 어른이라면 수치심에 얼굴이 붉어질 일이다. 그렇게 노년을 이어가느니 얼른 죽는 것이 낳겠다. 최소한의 자존심이라도 있다면.

부를 물려주는 사람들은 자기 자식으로부터 존경은 받을지 몰라도 젊은이 일반으로부터의 존경은 기대하지 말아야 한다. 자기 자식이야 인생을 유리한 상황에서 시작하니 부모가 고맙겠지만, 다른 젊은이들이야 그러한 노인네에게 빚진 바가 없지 않은가. 그러니 그런 사람들은 불손한 젊은이에 대해 충고의 자격도 없고, 기성세대의 이기심에 대한 비난에도 항의의 자격이 없다.

돈을 물려주기보다는 의미 있는 삶을 스스로 개척해 나갈 역량을 키워주고, 탐욕적인 이기심보다는 보편적인 인류애를 심어주는 부모라면, 스스로가 가치 있는 삶을 살고 세상을 개선하려고 애쓰는 부모라면, 존경의 대상이다. 그들의 자식들은 우리의 사회적 삶에도 공헌하고, 박애의 실천에도 적극적인 성인으로 크겠다. 이제 젊은이와 노인네 사이의 관계는 존경과 사랑의 관계이다. 그러니 누구에게 잘하기보다 세상에 대해 잘해야 할 노릇이다.

One Man's Dog

노년이 생각만큼 나쁠 것 같지는 않다.

젊었던 시절의 동요와 정념은 모두 사라지고,

포기와 고요가 삶을 지배한다.

날렵하고 매끈한, 처녀의 엉덩이 같은 포르쉐보다는

펑퍼짐한 아줌마 몸매의 세단을 더욱 좋아하게 될 것이고.

젊은 시절이 다시 깨워질 수 있을까?

20년간 순화되어진 거칠었던 정열들,

코카서스와 시베리아의 모든 눈을 다 갖다 뿌려도

꺼지지 않을 것 같던 내 마음의 불길들.

젊었던 시절의 그 불길들.

6

나의 차

혈혈단신으로 십여 년쯤 외국 생활을
해보면 외로움이 어떤 것인지 알게 된다. 외로움이라고 보통 말해
지는 것들은 푸념이고 감상이다. 그게 외로움이라고? 호소할 수
조차 없는 외로움이 있다. 먼저 정체성이 붕괴되어 간다. 삶이 진
짜 삶이 아닌 것 같고, 영혼은 자신과 일체가 되지 못한다. 확고함
은 없고 어딘가를 부유하는 느낌이 든다. 떠 있는 느낌. 모든 박진
성이 사라진다. 내가 겪은 일상들이 내 사건이라기보다 누군가의
사건이다. 삶의 선명성과 세밀함이 사라진다. 어두운 바닷물이 나
를 질식시키고 낮조차도 어둠으로 가린다. 외로움이 누적되어
가다가 미칠 것 같은 순간이 온다. 그땐 술을 들이켠다. 의식이 마
비될 때까지. 다른 방법이 없다.

술집에 들어간다. 웨이터와는 눈도 안 마주친 채 주문부터 한다. 들이켜기 시작한다. 한꺼번에 세 잔쯤 시켜놓고. 흘끔거리던 누군가가 말을 걸기도 한다. 대부분 빌어먹을 개소리다. 드물게 사려있는 미소를 만나기도 한다. 이때에는 무슨 이야기를 나눈다. 그러나 그 사람 역시 나와 역사를 공유했던, 아주 작은 일부나마 공유했던 사람이 아니다. 정신없이 떠들 땐 잠깐 잊지만, 그 대화가 오히려 내가 이방인이라는 사실만 강조한다. 영업 종료를 알리면 맥주 몇 병과 보드카 한 병을 껴안고 집으로 찾아든다. 아침에 일어나면 폐허가 된 거실에서 뻗어있는 나를 발견한다. 이러고 나면 그럭저럭 보름쯤은 산다. 보름 후에 또 발작을 겪는다.

십여 년의 유학생활 끝에 학위를 받고 정착했을 때 내 꼴이 이랬다. 내 실력과 학위는 한국의 대학에서 근무하기에는 턱없이 부족한 자격요건이었다. 받아주는 대학이 없었다. 나는 우편함에 매달려 있었다. 혹시 취직 가능성을 알리는 답신이 오지는 않을까. 거절의 회신이라도 했다면 덜 원망스러웠겠다. 아무 응답도 없었고 기다리다 지쳐갔다. 나중에야 한국 대학의 교수채용은 매우 인간적이라는 사실을 알게 되었다. 안면을 먼저 터야 하는. 서한으로는 절대 안 되는.

결국, 미국인들 사이에서 근무하게 되었다. 나는 당시 그들의 우월감과 오만함에 점점 더 견디기 어려운 혐오감을 품고 있었다.

미국이 무엇이든 세계 최고라는 그 자부심. 모든 곳에 스며있는 인종차별. 나는 기껏해야 아시아의 매우 하잘 것 없는 인종에 속했다.

시카고 대학. 그 도시는 인간이 살지 말아야 할 첫 번째 도시 중 하나이다. 겨울에는 엄청난 바람이 불어대고, 강풍에 폭설이 동반하고, 봄날에는 온타리오 호수에서 솟아오르는 두터운 안개로 덮인다. 안개인지 스모그인지 수상하다. 아무튼 코가 매캐하다. 공업도시다 보니 주거환경도 형편없다. 거기의 삶이 가끔 꿈에 나타난다. 나는 몸서리치며 깬다.

더 이상 교수 기숙사에 있기 싫었다. 퀴퀴한 마리화나 냄새를 더 맡으면 죽을 것 같았다. 나의 삶을 살고 싶었다. 상황을 바꿀 때가 되었다. 이년 째의 연봉은 그럭저럭 독립할 정도는 됐다.

결정적이었던 것은 일본서 온 교환 교수와의 갈등이었다. 다양한 일본인이 있다. 그러나 그 교수는 정말 이상한 사람이었다. 일단 친한 척한다. 아무래도 자기가 아쉬우니까. 그리고 온갖 겸양과 존경을 보인다. 면전에서만. 수선스런 감탄과 끄덕거림으로. 그러나 자기네 민족이 모이면 험담을 해대기 바쁘다. 그것도 터무니없는 상상을 섞어서. 앞뒤가 다르기로는 그 민족만 한 사람들 없다. 면전에선 칭찬에 헤프고 뒷전에선 험담에 헤프다.

일본인들은 유머 감각이 대체로 부족하다. 부족하다고 말하지만 사실 아예 없다. 유머는 대담한 상상력과 창조성의 소산이다. 다시 말하면 전두엽의 문제이다. 그러나 그들은 소심하고 경직되어 있다. 아마 전두엽이 콩알만 할 것이다. 대화상대로는 최악이다. 거기다 그 모범생 일본인은 자기의 모든 역량을 그 알량한 학위에 다 탕진한 사람이었다. 타고난 무능성에 소심한 성실성이 결합하면 괴물이 생겨난다. 대체로 도덕 교과서다. 어떤 일탈도 용납 안 한다. 그는 마리화나는 고사하고 담배 피우는 사람조차 이해를 못했다. "분명히 보건당국에서 경고하고 있지 않냐"고 하면서. 한 번은 점심 식사를 위해 신호를 무시하고 건너편 식당에 갔다가 며칠을 이상하게 보는 눈초리에 시달렸다. 범법자를 보는 듯한. 사실 차도 거의 안 다니는 편도 일 차선인데. 진화된 민족이다. 준법정신!

더욱 참기 어려운 것은 그의 소심하고 끈질긴 상상이었다. 무심코 하는 말도 그냥 넘기지 않고 골백번씩 생각한다. 그 말을 한 이유를 추론한답시고. 아무리 허심탄회하게 말해도 소용없다. 가령 그의 논문을 읽은 내가 "재밌네요."라고 했다면 그때부터 그는 연구 들어간다. 그 말이 구체적으로 뭘 의미하는가? 이면에 숨은 뜻(그것도 나쁜 뜻)이 무얼까? 그는 속으로 뇌까린다. '그저 재미있는 정도라는 거야. 아니면 독창성도 조금 있다는 거야. 체면을 생각해서 그냥 해 준 말이야, 아니면 괜찮은 논문이라는 거야. 좀 더 재미없게 쓰라는 거야, 뭐야.' 이런 사람 정말 피곤하다. 탐험도 안 해보고 지도 그린다. 도대체 유예된 상황을 못 참고 유연성이 라고는 도통 없다. 이렇게 따분하기도 힘들다. 지긋지긋했다. 정 말 이해할 수 없는 인종이었다. 가깝고도 먼 나라라고 했지만 내 게는 그냥 멀고도 먼 나라였다. 어차피 당시에 나와 일본 사이에 는 태평양이 있었다. 일본 사람이나 남미 오지 사람이나 이해할 수 없기는 마찬가지였다.

결국 분열이 왔다. 터질 것이 터졌다. 마음속에 오랫동안 발효 되던 것이 폭발했다. 그놈이 뇌관을 건드렸다. 내 맘속에 화약은 미리 있었고. "뭐라고? 나치독일은 잊혀 지는데 너희는 왜 계속 사과해야 하냐고?" 결국, 한국과 일본은 이 문제에서 충돌한다. 이 한심한 인간은 거기다 미련스런 고지식함이 있어 생각대로 지 껄인다. 뻔뻔스러움에 나는 마침내 신사의 위장막을 벗었다. 그토 록 흥분하고 말았다. 나는 길길이 날뛰었다.

"내 소원이 뭔 줄 알아? 너희 일본 놈들을 모조리 징용으로 끌 고 가고, 너희 일본 여자들을 전부 정신대에 처넣는 거야. 왜 너희 는 사과를 계속해야 하냐고? 너희는 사과를 안 했으니까. 너희는 원초적으로 반성이 뭔지 모르는 민족이야. 독일인들은 나치를 처 벌했어. 그게 사과야. 너희는 전범들이 설치는 국가야. 입으로 수

백 번 사과해도 소용없어. 한다하는 새끼들은 다 전범 집안 출신이야. 혹시 너희 집안도 그렇지 않아? 네 나라의 섬나라 근성은 참회가 뭔지 몰라. 차 잘 만든다고 너희가 잘났는지 알아? 난 네 놈들의 침략에 대해 말하는 게 아니야. 힘만 있다면 우리도 너희를 침략할 거니까. 내가 말하는 건 그 지배양상이 엿 같았다는 거야." 나는 '섬나라 근성insularity'이라는 영어단어까지 영일사전으로 찾아 줬다. 굳이 차 얘기까지 한 것은 사실 토요타에 대한 질투심이었다.

결별했다. 이놈을 같은 기숙사에서 삼 년씩 견딜 수는 없었다. 그런데 웃기는 일이 이 분쟁 다음에 발생했다. 그와의 관계가 극적인 방향전환을 하게 됐다. 완전히 U턴이었다. 사과했다. 자신이 생각 없었다고. 일본의 문제가 무엇인지 알았다고. 그와의 관계는 오히려 내가 이사를 나가면서 개선되었다. 일본인은 사납게 나가면 쉽게 위축된다. 사과는 믿을 바가 못 된다. 일본인들의 진정한 사과는 할복 외엔 없다. 할복 외엔 다 입발림이다. 그렇게 한심하다. 겪어봐서 안다.

나가기로 했으니 자동차를 사야 했다. 나는 마음속으로 이미 결정하고 있었다. 10년쯤 된 토요타나 혼다의 썩은 차를 사기로. 새 차일 때 어떤 매력도 없는 일본 차들은 중고가 되었을 때 자못 쓸모 있는 차가 된다. 견뎌주니까. 그리고 일본인의 사과가 내게 의기양양한 만족감을 주기도 했다. 대안도 없었다. 이천 불짜리 차 중 고장 안 나고 굴러가는 것은 일본 차밖에 없었다. 더구나 그 일본인도 강력히 추천했다. 일본인이 밉다고 일본 차도 미워하지 말라고.

중고차 매장들을 전전했다. 발이 멈춘 곳은 일본 차 매장이 아니라 독일 차 매장이었다. 노천에 중고 포르쉐 한 대가 전시되어 있었다. 황금의 밝은 태양 빛을 배경으로 그 붉은색 '꿈'은 언제라도 폭발하며 뛰쳐나갈 준비를 하고 있었다. 나는 가난했다. 꿈밖에 가진 것 없는 가난한 젊은이였다. 그러나 환각과 몽상에 잠길 능력은 있었다. 딜러에게 요청했다. 테스트 드라이브를 해보겠다고. 나 자신이 그 차를 감당할 만큼 부자라는 환각을 나 자신에게 주었다. 단 한 시간. 짧은 시간이었다. 그러나 충분한 시간이었다. 그 자동차가 얼마만큼 매력적인 기계인가를 알기에는.

그 차는 기계공학이 극단에 이르면 어떤 향락을 제공할 수 있는가를 보여주었다. 나는 액셀러레이터의 존재 이유가 '바닥까지 밟히기 위해서'라고 생각하는 사람이다. 수줍어하는 소극적인 외피를 벗기면 열정과 소란스러움으로 꽉 찬 나의 내면이 있다. 액셀러레이터를 바닥까지 밟자 그 차는 달리지 않고 폭발했다. 비행기가 이륙하는 소리를 내더니 단숨에 250km/h에 이르렀다. 이

속도가 정말 가능한 속도였다. 불안하고 동요하는 250km가 아니라 안정감 있고 자신감 넘치는 250km였다. 나는 그때 발바닥을 통해 올라오는 엔진의 강력한 충격을 가슴으로 느끼고 있었다.

딜러에게 키를 건네줄 때 그 기계는 로망으로 남았고, 환각이 현실에 자리를 양보할 때 10년 된 토요타 터셀이 거기에 있었다. 많이 낡은 이 차는 트렁크 덮개에 손가락이 세 개쯤 들어갈 만한 구멍이 두 개나 있었다. 비가 오는 날이면 청테이프로 이 구멍부터 막았다. 안 그러면 트렁크가 수영장으로 변하니까. 잊은 적이 있었는데 그 다음 날 출근길에 정지하거나 출발할 때 트렁크 수영장이 출렁거려 멀미가 났다. 결국, 이 차는 2년밖에 못쓰게 된다. 낡아서는 아니었다.

이 차와 관련한 추억은 이탈리아 아가씨와 맺어져 있다. 이 차는 그 아가씨를 태우고 수많은 곳을 다녔다. 버펄로, 뉴욕, 토론토, 몬트리올, 밴쿠버 등. 심지어는 트랜스 캐나다를 하기도 했다. 지금도 잊지 못한다. 안개에 덮여 있던 에드먼턴의 고갯길을. 거기서 보이던 광활한 캐나다의 초원을. 우리는 차를 세우고 어깨를 맞댄 채 멍하니 내려다보았다. 순식간에 날이 어두워졌고 흩어져 있던 소들은 풀밭과 같은 색의 얼룩이 되어갔다. 모두가 어둠 속으로 몰락해 갔다. 내 사랑의 흰 블라우스와 반짝이는 눈빛만이 선명해지면서.

우리는 차 안에서 입맞춤을 하곤 했다. 그 아가씨와 헤어지게 되었을 때 나는 이 차와도 헤어지기로 했다. 이 차가 가슴 아픈 이별과 그 아가씨의 울음을 내게 계속 상기시키는 것을 견딜 수 없었다. 운전할 때마다 음료수병을 건네주기도 하고, 담뱃불을 붙여 주기도 하고, 재잘거리며 내 귀를 시끄럽게 했던 그 아가씨에 대한 기억은 이 차가 사라지며 함께 사라져 갔다. 운전 중인 내 옆에 그 아가씨가 있다는 환각, 가끔 꿈속에 나타나는 아름다웠던 미소만이 잔류물처럼 나를 새벽에 깨게 한다. 불현듯 들려오는 목소리. 그녀는 삼십 분씩 재잘거리다가 내리곤 했다. 헤어지기 아쉬워하며. 내일 또 볼 텐데. 목소리가 음악 같았다.

처녀자리의 그녀는 자기 별자리에 부끄럽지 않을 정도로 여성적이고 다정스러웠다. 아양, 애교, 짜증, 엄살. 그러나 그마저도 수십 년의 세월 속에 스러지고 있다. '마음의 상처에는 시간이 의사'라고 말한 사람은 그리스의 위대했던 핀다로스였다.

나는 그 차를 천삼백 불에 팔았다. 이란 이민자에게 팔았다. 나는 '써틴 헌드레드'를 원했고 그 이란인은 '띠르띤 헌드레드'를 내겠다고 해서 꽤 오랜 승강이를 벌였다. 그런데 'thirteen'이 그 사람에게는 '띠르띤'이라는 사실을 안 나는 얼른 키를 넘겨줬다.

그다음 차는 토요타 캠리. 이 차는 제법 차다운 차였다. 데모demonstration용으로 1,700km를 주행한 차의 키를 기쁜 마음으로 건네받았다. 세월이 오래 흘러, 수백 년, 수천 년 흘러 내가 살던 시카고의 그 마을이 폐허가 되고, 거기 세차장에 어떤 귀신인가가 차를 몰고 들어온다면, 그 귀신은 아마 나의 영혼일 것이다. 나는 엄청나게 자주 세차를 했다. 가는 금줄을 길게 두른 녹색의 캠리는 북미의 강렬한 태양 아래서 방금 닦은 비취처럼 반짝였다. 눈부시게 아름다웠다. 그 차에 티끌 한 점 붙어있는 것을 용납할 수 없었다. 나는 때때로 강의 중에도 주차장을 내려다보았다. 거기의 수많은 차 중에서 어떤 차인가가 황금빛 테두리를 두른 구름을 타고 떠올랐다. 나의 차였다.

이 차가 훌륭한 세단이란 사실은 소비자 보고서consumer report에서 항상 만점을 받고 또 중고가치resale value가 가장 높다는 사실에서도 입증된다. 이 차는 우리 두뇌와 합리성에 호소한다. 매우 경제성이 높고 단정하다. 그러나 이 차는 우리 가슴과 열정에 호소하지는 않는다. 밋밋하고 평이하고 개성 없다. 규범적이고 단정한 삶을 사는 모범생 차다. 일본인을 닮은 차라고나 할까.

나는 이 차를 몰고 국적을 바꾸게 된다. 이 차로 나이아가라 다리를 건너 토론토에 정착하게 되니까. 캐나다! 이 나라는 신천

지였다. 미지의 땅이다. 내게 그러한 정열이 숨겨져 있었다는 사실을 이 나라에서 처음 알게 된다. 대부분의 땅에는 도로조차 없다. 나와 캐나다 친구들은 수많은 비포장 길을 달려 트레킹과 낚시와 캠핑을 다녔다.

나는 캐나다에서 친구들도 만들었다. 미국과 캐나다는 비슷한 나라가 아니다. 두 국민의 기질은 현저히 다르다. 미국인들이 대체로 경박하고 건방지다면, 캐나다인들은 상대적으로 순박하고 점잖고 어수룩하다. 물론 미국인들이 관대하고 너그러운 반면 캐나다인들은 대체로 소심하고 경직되어 있다. 두 나라의 분위기는 세관에서 이미 다르다. 미국 심사관들이 거칠고 공격적이라면 캐나다 심사관들은 신사이며 까다롭다. 캐나다인들은 약간은 무기력하고 안일하다. 큰 욕심 없이 산다. 또 욕심을 부려야 소용없다. 많이 벌어봐야 세금으로 다 나가니까. 나는 이들과 더불어 많이 행복했다. 조국을 떠난 이래로 처음으로 동료가 주는 안정과 따스함을 느꼈다.

내 차는 때때로 시속 100km도 내지 못했다. 크루즈컨트롤을 걸어도 곧 풀리곤 했다. 네 명의 승객과 낚시의 포획물로 엄청난 하중을 짊어지고 달려야 했으니까. 이 차는 일 년에 평균 7만km를 달렸다. 낚시여행을 가게 되면 왕복 1,500km의 주행은 보통이었다. 심지어는 핼리팩스까지도 원정을 갔다. 대서양 대구 좀 먹어 보겠다고. 심해 낚시로 대구를 엄청나게 잡았다. "우리 이러다 대구 멸종시키는 거 아냐?"라는 농담을 해대며. 이때가 나의 캐나다 삶의 절정이었다. 이때는 왕복 3,000km를 운행했다. 강을 따라 가기도 하고 숲과 초원을 따라 가기도 했다. 그림 같이 아름다운 길이었다. 대견한 이 차는 그 모든 노역을 다 견뎌주었다. 차의 모범생! 이것이 캠리이다.

정신없이 살았다. 자연 속에서 온갖 모험을 했다. 돌이키면 이 차와 함께 했을 때 내 삶이 가장 행복했었다. 그 시간들은 물결의 반짝임, 황금빛 햇살, 술잔 부딪히는 소리, 여인들의 웃음소리, 들풀과 침엽수의 향기로 차 있다.

오늘 길에서 캠리를 보았다. 나의 마음은 순식간에 그 시절로 돌아간다. 눈앞에 반투명의 스크린이 내려오고 거기에 우리가 시끄러웠던 순간들이 한 컷씩 지나간다. 처음에는 정지 상태로. 마치 만화경의 장면들처럼. 무언극으로 시작한다. 내 귀에서 무엇인가 윙윙거린다. 그랬다가 정지 화면이 활동을 개시하고 말소리들이 들리기 시작한다. 점점 커져가는 소리들. 그렉은 눈을 가느스름하게 뜬다. 야유하고 있다. 그러고는 코웃음을 친다. 매튜는 멋쩍게 귀를 문지른다. 이제 뻔뻔스럽거나 치사한 소리를 할 양이다. 캐롤은 웃음거리를 찾는다. 악기소리를 냈던 그 웃음. 웃기 위해 살았던 캐롤. 내가 사랑했던 사람들, 내가 기뻤던 순간들, 공기를 채웠던 목소리들, 버지널 소리를 냈던 그 목소리들.

그 차는 온통 진흙을 묻히고 다녔다. 송어를 만나는 길은 깊은 숲 속에 있었으므로. 우리는 한참을 비포장도로를 따라가곤 했다. 내 귀엔 아직도 타이어가 모래를 밟는 소리가 들리고, 내 코는 비포장도로의 먼지로 때때로 맵다. 회상만으로도 이 모든 것이 다시 살아난다. 목적지에 이르면 우리는 채비를 챙겨서는 구르듯이 계곡을 내려갔다. 물살이 바삐 흘렀고 우리 마음도 바빴다. 빨리 캐스팅을 하고 싶어서.

진흙을 뒤집어쓴 캠리를 잔디밭에 황급히 걸쳐 놓고는 황급히 집안으로 뛰어 들어간다. 어쨌든 잠도 자야 하니까. 내일은 또 강의가 시작되니까. 옆집 아니타는 눈살을 찌푸리며 물었다. "도대체 너희 무슨 짓을 하고 다니냐"고. 캐롤 공주님은 내 차를 꺼렸다. 지하철을 탈망정 내 차는 안 탔다. 담배 냄새와 곰팡이 냄새가 지독하다고.

아찔한 순간도 많았다. 계속 그대로 살았다면 나는 아마 침대에서 노년을 맞지는 못했다. 위험한 순간들이 생명을 부지하기에는 너무 많았다. 암벽에서 떨어지기도 하고, 보트가 전복되기도 하고, 원시림 속에서 길을 잃기도 하고. 심지어는 빗길에서 과속하다 차가 고속도로 가드레일을 50m쯤 긁고 정지하는 참사도 있었다. 다친 사람은 없었다. 단지 수리비가 좀 과하게 들었다. 우리는 섭섭해했다. 누군가 다쳤으면 보험금을 탔을 거라고. 물론 자기는 빼고.

비밀을 하나 말한다면 그렉과 내가 대형 사고를 내고 보험 사기를 친 적이 있다. 고속도로 운전 중에 전광판에 'Reduce Speed'라는 경고문이 계속 떴다. 비가 부슬부슬 내리고 있었다. 내가 먼저 물었다. "그렉, 비가 오면 왜 속도를 줄여야 하지?" 그렉은 제동거리가 길어지기 때문이라고 답한다. 나는 궁금하다. "그럼, 물이 마찰력을 감소시키는 거야?" 그렉은 귀찮다. "미끄럽잖아."

우리는 제인 스트리트로 갔다. 거기엔 차가 없다. 숲에 싸인 이차선 도로가 항상 고즈넉했다. 어두워지기 시작했고 빗물이 헤드라이트에 반짝거렸다. 먼저 내가 60km에서 급브레이크를 밟았다. 멋지게 미끄러졌다. 다음엔 그렉이 70km에서 급정지. 다음엔 다시 내가 80km. 결국 110km에서 차가 빙그르 돌며 차선을 이탈했다. 제동이 불가능했다. 길가의 도랑에 처박혔다. 120km까지만 하기로 했었는데. 이번에는 내 손가락이 하나 부러졌다. 핸들에 끼었다. 그 외는 둘 다 멀쩡했다. 우리는 태연히 보험 처리했다.

캐롤이 눈치챘다. "너희 장난했지?" 우리는 머리를 마구 저었다. 무슨 소리냐고. 사건을 많이 일으키니 의심받는다. 수령한 보상금으로 보트에 새로운 혼다 엔진을 달았다. 일백이십 마력짜리로. 속도가 번개 같아졌다. 캐롤은 아직도 장난을 확신한다. 우리 둘은 지금까지 비밀을 지켰다. 양심의 어떤 가책도 없는 게 좀 이상하다.

나는 심지어 내 묘비명에 '직업을 잘못 택한 사람 여기 잠들다'라고 써주기를 요청했다. 내 기질은 탐험가, 모험가 등에 어울린다. 아니면 관광 가이드에 어울린다. 얌전하게 연구하고 가르치는 일은 내 본령이 아니었다. 넓은 캐나다를 온통 쏘다니며 캐나다 물고기들을 잡아댔고, 어디엔가 미지의 숲이 있으면 반드시 계획을 짜서 트레킹을 했다. 명색이 교수의 필수품이 낚싯대와 나침반이었다. 캠핑을 떠날 때는 책도 넣고 가긴 했지만, 막상 가면 다른 재밌는 일들이 너무 많았다. 그때에는 삶이 너무도 풍부하고 소란스러워서 시간이 가는 것도 몰랐다. 내가 결혼 적령기를 지나 이미 냄새나는 중년에 접어들고 있다는 사실조차도.

얼마 전에 술을 많이 마셨다. 맥주로 시작해서 산사춘과 소주를 거쳐 위스키에 이르렀다. 정신을 잃었다. 전체적으로 기억이 없고 간헐적으로 몇몇 순간들이 기억난다. 홀로 네온 사이를 헤매고 있었다. "밤이 현기증 나게 밝구나." 어느 편의점 벽을 짚고 한참 서 있었던 같다. 편의점 쓰레기통에 상호가 있었다. 어딘가 들어가서 또 한잔했다. 튀김냄새가 역겨웠다. 다음 기억은 김포공항이다. 새벽에 어느 건물 벽에 기대어 잠이 깼다. 일원동의 마지막 술집과 김포공항 사이가 기억의 진공상태다.

왜 김포공항에 간 걸까. 모텔을 찾아들며 추론했다. 아마도 택시기사에게 김포공항으로 가자고 했다. 택시를 탔던 기억이 나니까. 캐나다에 가고 싶다는 생각이 술 마시던 중에 언뜻 들었다. 삶이 무의미하고 권태롭다. 고국에서의 삶이 오히려 실제 같지 않다. 캐나다에서는 활기 있었는데. 친구들은 어떻게 살고 있을까. 그렉, 매튜, 사무엘, 멜리사, 캐롤. 그리웠다. 그리워서 눈물이 찔끔 났다. 우리가 만들었던 커티지, 전속력으로 몰고 다녔던 빨간 헐^{hull}의 보트, 우리가 가꿨던 화초들, 나무들, 우리가 시끄러웠던 술집들, 유혹했던 아가씨들. 당시에 김포공항으로 캐나다에서 한국을 오갔다. 인천공항이 기억 안 난 것이 다행이다. 거기에는 잠잘 만한 싸구려 모텔이 없다.

캐나다에서 내 인생은 활기와 시끄러움을 노래했다. 지금부터 십오 년 전의 일이다. 금요일 수업이 끝나면 차 안에서 옷을 갈아입고 북쪽의 호수로 달려갔다. 고속도로 맥도날드에서 끼니를 때우고 내처 서너 시간을 운전하면 우리의 놀이터가 나타난다. 텐트를 치고 모닥불을 피우고 물고기를 잡거나 카누를 저었다.

내 차에서는 퀴퀴한 담배 냄새와 생선 비린내가 났다. 무언가를 깔끔하게 유지하는 데에는 소질이 없다. 첫 일 년간 그렇게 아꼈던 차가 조금씩 당연한 것이 되어갔다. 그 차의 주행거리가 40만km쯤 되었을 때 마침내 귀국이 가능해졌다. 한국에서도 먹고 살 수 있게 되었다.

인생에서는 시간차가 발생한다. 한국이 그리울 때는 일자리가 없다가 막상 캐나다인이 거의 다 되고 있을 때 조국에서 일자리가 생겼다. 귀국을 놓고 갈등하게 될 줄은 몰랐다. 사실 귀국이 두렵기도 했다. 새롭게 적응할 수 있을까? 조국이 낯설었다. 내게 기회를 주지 않은 조국을 원망하는 마음이 있기도 했다. 많은 갈등 끝에 나는 그냥 캐나다인이 되기로 했다. 미뤘던 시민권 획득도 서두르기로 결정했다. 나는 캐나다인에 대해 고마움을 느끼고 있었다. 외롭고 암담했던 삶에 빛을 비춰준 사람들이었다. 이제 나의 친구는 그들이었다. 한국은 잊혀지고 있었다.

한편으로 한국이 무섭기도 했다. 교환교수로 가끔 오는 한국 사람들을 만날 때마다 거칠고 드세고 전투적이라고 느꼈다. 그들은 모든 세상사를 이기고 지는 것으로 갈랐다. 삶을 노골적인 전투로 보는 사람들이었다. 그리고 꽤 오만했다. 한국에서는 교수직이 잘난 직업인 듯했다. 직업윤리도 수상했다. 그들은 애들 학교와 자기네 아파트와 골프클럽에는 엄청 관심을 기울였지만 연구에 대해서는 묻지도 않았다. 애들 학교는 무조건 일류여야 했다. 자기 아들이 일류학교에 자격이 있는지는 생각조차 안 했다. 왜 일 년짜리 교환교수들이 가족을 줄줄이 데리고 다니는지 이해할 수 없었다. 그렉도 사뮤엘도 궁금해했다. 나는 이 드센 사람들과의 생존경쟁에서 이겨 낼 수 없다.

귀국을 두려워한 또 다른 동기는 한 교환교수와의 만남이었다. "국문학입니다." 전공이 그렇단다. 나는 사실 그 사람에게 이미 스트레스를 받고 있었다. 같은 한국인이니 도와야 했다. 그러나 자기 가족 넷에 장인, 장모까지 데리고 온 그 가족적인 분은 여간 많은 것을 부탁하는 것이 아니었다. 따님의 렌즈세척액의 유효기간까지 확인해 달라는데 피곤했다. 조금만 수고하고 조금만 생각하면 스스로 할 수 있는데 무조건 부탁부터 했다. 평생 명령만하고 살아온 사람 같았다. 나를 하인 취급했다. 교수와 학생 간의 권력관계에 너무 익숙해져 있는 사람이었다. 교권신수설을 믿는 듯한.

그 집에 세탁기를 설치할 때는 정말 피곤했다. 내가 아파트임대를 그렇게 권했건만 기어코 단독주택을 임대했다. 여기서는 꼭단독에 살아보고 싶다나. 이 사람들은 정말 겁이 없다. 주택엔 일이 얼마나 많은데. 아파트에는 공동세탁실이 있지만, 주택의 경우에는 세탁기를 스스로 설치해야 한다. 아마 한국에서처럼 설치까지 해 주는 줄 알았나 보다. "아니, 세탁기를 던져 놓고 가면 나더러 어쩌라고. 이거 큰일 났네. 거참 정서 안 맞네." 도와 달라는 전화. 세탁기 설치는 일도 아니다. 거기에 딸린 건조기 설치가 일이다. 나는 팔자에 없는 고생을 했다. 철물점에 가서 사이즈 맞는 덕트를 사고, 그것을 배기구에 연결하고, 나사로 조이고, 테이프를 감고……. 그 국문학자님은 고귀하게도 도통 잡일은 못하시는 분이었고.

갈등은 우습게 시작됐다. 나는 그 사실이 항상 궁금했다. 해명을 듣고 싶다. "왜 한국어라고 안 하고 국어라고 하지요? 또 한국사라고 안 하고 국사라고 하지요? 원래는 한국통사 등으로 했었잖아요. 언제부터 국가가 한국밖에 없어진 거지요?" 이 질문에 그의 눈이 매서워졌다. "나라에 대한 그 정도 자부심이 있는 거지요." 어안이 벙벙했다. 나는 순식간에 자부심이 없는 놈이 되고 말았다. 우물 속의 개구리로 사는 것이 자부심인 것을 그때 처음 알았다. 세계에 국가라고는 한국밖에 없다는 듯이 살아야 자부심이 있는 거다.

내 성격이 별나게 까칠한 걸까? 하긴 매튜가 말한 적이 있다. "자넨 좋은 친구고 좋은 교수야. 재미있고 성실하지. 그렇지만 외교적 배려가 전혀 없지. 어떤 문제에 있어서는 타협을 안 하지. 선택적인 까다로움이 있지." 나는 그렇지만 최대한의 외교적 배려와 타협적 태도로 그 교수분께 고개를 끄덕여줬다. 어쨌든 동포니까. 그러나 마음속으로는 다음의 질문이 계속됐다. '그런데 왜 영어로는 national language라고 안 하고 Korean language라고 하는 거요?, 그럼 한국사는 national history가 되는 거요?, 도대체 수많은 nation 중에 어느 nation이라는 거요?, 자부심이라고 하는데 그럼 Deutsche Sprache라고 하는 독일인들은 자부심이 없는 거요?'

문제는 그분이 일으켰다. 뭔가가 마땅치 않았나 보다. "사실 국문학 대단합니다. 서양 사람들이 글도 모르고 살았을 때 국문학은 많은 작품 냈습니다. 발굴 안 된 거 많아요. 몰라서 그렇지." 몰라서 그런 나는 어안이 벙벙해졌다. 난 단지 짧게 말했다. 웃으면서. 최대한 외교적으로. "모르는 건 존재하지 않는 것이다가 현대철학의 주장이지요." 이렇게 불편한 관계가 진행됐다.

파국이 왔다. 나는 그 가족 군단을 태우고 자동차 딜러에게 가야 했다. 뒷좌석에서의 진지한 논의가 내 기분을 잡치기 시작했다. 한국 차는 절대 사면 안 된다. 그건 똥차다. 십 년된 중고를 살지언정 일본 차를 사야 한다. 한국 차 샀다가 망한 사람 많다 등등. 픽커링 토요타에 갈 때까지 내내 그 얘기였다. 그 한 시간이 마치 영원처럼 길었다. 나는 그들의 이중기준에 구역질이 날 지경이었다.

그들은 아발론 중고를 샀고 나는 다시는 그들을 안 만났다. 전화와도 바쁘다고 말하고는 얼른 끊었다. 좋은 기분 망칠까봐서. 아무튼 그들은 조국에 대한 자부심과 일본 차에 대한 선망을 잘 조화시키는 사람들이었다. 서양철학과 서양예술을 전공한 나는 아예 자부심도 없는 사람이었고.

전황이 불리하게 흘렀다. 내 결심이 허망한 것으로 드러나기 시작했다. 부모님이 분통을 터뜨렸다. 부모님은 먼저 실업자 아들을 용납할 수 없었지만, 한국에서 직업을 가질 가능성이 있는 아들놈이 부모를 저버리고 외국생활을 하는 것은 다음으로 용납할 수 없었다. 부모님에게는 아들의 행복과 선택은 부모와의 관계 다음이었다. 자식 이기는 부모는 없다지만, 우리 부모는 언제나 자식을 이겼다. 아들들은 백전백패였다. 언제나 극단으로 치닫는다. "아들 한 놈 없다고 생각하고 살겠다. 앞으로 전화도 말고, 나 죽었다 해도 오지도 마라. 너희 엄마 드러누웠다." 이런 식이라면 수백의 아들이라도 없어진다.

한국에서는 한참 동안 차 없이 지냈다. 대중교통이 워낙 거미줄 같고 또 요금이 저렴한 것이 차 없이 살기로 결정한 첫 번째 동기였다. 대중교통에 관한 한 한국은 천국이다. 비교적 쾌적하고 많이 저렴하다. 외국생활을 해 본 사람은 한국의 대중교통에 불만을 토할 수 없다. 호사스럽고 깨끗한 지하철이 그렇게 쌀 수는 없다.

두 번째 동기는 나의 우울증이었다. 나는 한국생활에 적응하는 것이 힘들었다. 오래 떠나있었다. 친구조차 없는 삶이 어떤 삶인가. 외로웠고 낯설었다. 다중多衆 가운데의 외로움이었다. 누군가 친한척하면 귀찮았다. 캐나다는 전체적으로 시골이다. 한적하고 조용하고 매사가 느리게 진행된다. 친구 만들기가 어렵다. 그러나 맺어진 인연은 오래간다. 한국은 사람이 넘쳐난다. 그렇지만 중년은 친구를 새로 만들기에는 늦은 나이다. 또한 나는 한국의 속도에 당황하고 있었다. 여기의 번개 같은 생활은 말 그대로 눈부셨다. 민첩한 판단력, 신속한 일 처리. 나는 이곳에서 뒤처진 사람이었다. 이 속도에 맞춰 운전할 자신이 없었다.

세 번째 동기. 귀국한 지 며칠 지나 길을 가다 약간은 이색적인 광경을 목격했다. 딱 붙은 두 대의 차 주인들이 상대편에게 퍼부어대고 있었다. 자기 차의 엔진 소리를 응원 삼아. 언성과 태도가 거칠었다. 나는 곧 살인이라도 일어나는 줄 알았다. 정말 "죽여 버리겠다."는 말도 나왔다. 이런 광경은 처음이다. 군대생활 때 겪은 거친 상황은 이미 까맣게 잊고 있었다. 이런 상황에서는 조용히 보험증권만 건네지면 끝 아닌가. 경찰과 보험사가 할 일을 왜 운전자들이 하나.

그 퍼부어대는 말 중에는 여러 종의 동물의 보통명사가 섞여 있었다. 왜 동물에의 유비가 욕이 되는지 모르겠다. 어떤 사람을 '개 같은' 혹은 '소 같은' 놈이라고 말하면 상대편에 대한 모독이 되는 것인가? 희한한 일이다. 개와 소가 어째서 그러는가. 알고 보면 개와 소 등은 품위와 지조와 성실성과 충성에 있어 최고의 품격을 가진 동물들이다. 어째서 보통의 인간들은 자신이 개나 소보다 낫다고 생각할까? 참 이상한 오만이다. 사실 어떤 나쁜 사람에게 '개 같은 놈'이라고 말하면 모욕을 당하는 것은 그 '놈'이 아니라 그 '개'이다. 개가 들으면 화낼 터이다.

아무튼 나의 결론은 다음과 같다. 한국에서 차를 모는 과정 중에 길바닥에서 동물의 보통명사를 상대 면전에 퍼붓는 상황이 반드시 존재한다. 그리고 상대의 눈 흘김과 예언적 저주(~할 놈 등의)를 반드시 당하고 퍼붓는 경우가 생긴다. 나는 한국에서 많이 위축되어 있다. 그리고 너무 오랜 외국 생활로 그 상황에 능란하게 대처하지 못한다. 이것은 면허시험장에서도 가르치지 않는다. 이것을 먼저 배우지 않는 한 차를 몰면 안 된다 등등.

차를 사기로 한 것은 귀국한 지 이 년 되었을 때였다. 이 년간을 차 없이 지냈다. 나름 좋았다. 지하철에서 아찔하게 차려입고 멋지게 머리를 틀어 올린 아가씨들을 마음 놓고 감상하기도 하고,

잡상인들에게서 때수건과 이쑤시개를 사기도 하고, 약간은 수상스런 김밥을 사 먹기도 하고……. 이러면서 나도 점차로 능란한 한국인이 되어가고 있었다. 누구 못지않게 동물과 인간을 비유하기도 하고, 저주를 퍼부을 줄도 알게 되고, 양심 없이 끼어들기, 양심 없이 꼬리 물기도 할 수 있을 것 같았다.

차를 사기로 마음먹은 것은 어떤 계기 때문이었다. 그해의 여름은 엄청나게 더웠다. 연속해서 나흘간 섭씨 35도를 넘어서기도 했다. 지하철역으로 걷다 보면 발에 불이 붙는 듯했다. 검은 구두가 온통 열기를 흡수했다. 이것이 심한 무좀을 불렀다. 간단한 피부병인데 심해지니 몹시 괴로웠다. 의사는 구두를 신지 말라고 하지만 그럼 슬리퍼를 신고 다니란 말인가. 학장이 날 죽일 것이다. 그리고 보면 캐나다에서는 여름에 맨발로 운전하곤 했다. 양말도 신지 않은 채로.

그랜저XG를 샀다. 그 차가 눈에 가장 많이 띄었다. 거의 국민차 수준이었다. 2005년의 일이다. 그 차를 몰고 나간 첫날, 나는 평생 얻어먹은 욕보다 더 많은 욕을 단 하루에 얻어먹었다. 아마도 우리 언어가 세계적으로 욕을 하기에 가장 좋은 언어일 터이다. 노골적이고 상스럽고.

욕이나 야유도 충분히 예술이 될 수 있다. 그 전제 조건은 우회적이고 간접적인 표현이다. 부정적인 사람에게는 다음과 같이 말한다. "너 맞고 컸니?" 맞고 자란 애들이 의심이 많다고 한 사람은 프로이트이다. 예의 없는 사람에게는 조금 심하게 말한다. "엄마가 길에서 돈 버느라고 예절 가르칠 시간이 없었구나."

내가 아무리 많은 주행거리의 기록을 가지고 있다 한들 그것은 북미에서의 일이었다. 한국에서는 그 경험이 오히려 방해된다. 끼어드는 차에 양보한답시고 정지하면 뒤에서 난리가 난다. 추월하며 온갖 욕을 해댄다. 한국의 길바닥에는 외국에 있는 모든 것이 있다 해도 양보와 자제는 절대 없다. 나는 모든 차량으로부터 경적소리를 얻어들었고, 모든 운전자로부터 창문에 대고 퍼붓는 욕을 얻어먹었다. 여기저기서 마구 경적을 울려댔고 그것 역시도 욕의 다른 표현이었다. 하루하루의 운전이 공포 속에 지나가기를 한 달여, 적응하기 시작했다. 배달민족의 후예이다. 감춰진 역량이 나오기 시작했다. 모든 운전자와 대등하게 욕을 해대기 시작했으니까.

사실 그랜저는 좋은 차이다. 캠리와는 비교도 할 수 없이 훌륭한 차다. 매끈하고, 부드럽고, 푸근하고, 민감하다. 물론 부족한 점이 없지는 않다. 변속 시에 자연스럽지 않다거나, 연비가 그렇게 좋은 편은 아니라거나, 디자인이 투박하고 진부하다거나. 그러나 전체적으로 만족스러웠다. 나는 이 차와의 드라이빙을 많이 즐겼다. 전국을 누볐다. 무난하고 편했다. 이렇게 3년이 흘렀다.

비극이 발생했다. 엔진이 깨졌다! 차가 덜컹거리기 시작하더니 엄청난 연기가 차를 덮었다. 연료분사노즐 하나가 제 기능을 하지 못했고, 거기서 연료가 액체인 채로 흘러나와 실린더를 채운 끝에 엔진을 깨뜨렸단다. 나는 어이없고 황당하고 화가 났다. 도대체 이런 종류의 고장은 상상도 못했고, 경험은 물론 못했고, 심지어는 누구에게 들어본 적도 없다. 총 430만 원이 들었다. 이 정도 돈이면 거의 우환 수준이다. 엔진을 교체했다.

내가 캠리와 비교하며 불평하자 구의동의 정비사는 오히려 내게 화를 냈다. 일본 차가 얼마나 많이 고장 나는지 아느냐. 렉서스 서비스 센터에 한 번 가보라. 손가락으로 어느 방향인가를 마구 찔러 대면서. 그의 말이 맞을 것이다. 전문가니까. 그야 F-16이라고 한들 고장이 안 나겠는가. 망치라고 한들 고장이 안 나겠는가. 그러나 나는 캠리나 렉서스의 엔진이 깨졌다는 얘기는 들은 적이 없다. 여러분께 조언하겠다. 그랜저 살 때에는 다른 걱정은 안 할지라도 언제나 엔진이 깨질 수 있다는 것을 염두에 두라고.

그랜저와는 정이 떨어졌다. 일단 불안했다. 차에 대한 신뢰가 무너졌다. 약간의 덜컹거림이나 매연 냄새에도 화들짝 놀란다. 손해를 입는 것보다 입을 수 있다는 우려가 더욱 견디기 어렵다. 이래서야 심적 불안으로 겪는 비용이 더 들겠다. 헤어져야겠다. 망설임도 없었다. 나는 정들면 돌멩이와도 헤어지기를 망설인다. 그러나 엔진 깨진 차와는 아니었다.

여러 선택의 가능성 가운데 고민했다. 제네시스를 살까, 벤츠 E클래스를 살까, 렉서스를 살까. 제네시스를 먼저 제거했다. 현대차와는 다시 상종하기 싫었다. 주위 사람들은 그 차를 권했지만 신뢰는 마치 재화와 같다. 얻기는 어려워도 잃기는 쉽다. 현대차는 내게 신뢰를 잃었다. 그 회사 로고조차 보기 싫었다. 그 회사는 내게 영원한 불신의 대상이 되고 말았다. 나는 심지어 그 엔진 깨진 그랜저가 파업 기간에 만들어졌나를 의심했다. 이제 벤츠와 렉서스 사이에서 고민했다. 렉서스를 제거했다. 그 교과서적 구태의 연함이 싫었다. 이번에는 좀 더 개성적인 차를 타고 싶었다. 독일차가 좀 더 마음에 들었다. 알랑거리는 아시아 차 특유의 느끼함이 싫었다. 독일 차의 냉담함과 초연함이 좋아지기 시작했다. 이때 내 결단은 엉뚱한 방향으로 흐르기 시작했다.

이십 년 전의 꿈이 불현듯 가슴을 쳤다. 그렇다. 포르쉐가 있다. 무의식 속에서 선택을 망설이게 한 것은 바로 이것이었다. 두렵고 부담스러웠다. 꿈은 실현될 수 없기 때문에 꿈이다. 그것은 현실 세계에서는 있을 수 없는 일이다. 어떻게 집 한 채를 몰고 다닐 수 있나. 어떻게 그 귀족적인 기계를 노상에 주차시킬 수 있나. 어떻게 비를 맞힐 수 있나. 그렉에게 전화했다. 그렉은 의외였다. "몰고 나와!Drive it out!" 그렉은 신중하고 조심스러운 사람이다. 전형적인 소음인이다. 그는 어드레스에 삼박사일이 걸린다. 전후좌우로도 부족해서 상하까지 본다. 나는 그의 판단을 언제나 신뢰했다. 그의 결단에 힘입어 딜러에게 갔다. 의기양양하게 한 대를 골라잡았고 도로로 몰고 나왔다. 이십 년 전을 떠올리며.

이십 년은 긴 세월이다. 포르쉐는 여전히 같은 포르쉐였다. 그러나 내가 변했다. 좁고 시끄럽고 불편하고. 액셀러레이터를 밟자 포르쉐는 폭발했다. 한심하게도 액셀러레이터를 밟은 나 자신이 화들짝 놀랐다. 가슴을 두근거리게 했던 사자의 울부짖음이 오히려 시끄럽기만 했다. 그랜저를 몰고 나오며 나는 적이 안심했다. "부드럽고 조용하구나. 세단이 좋다."

이십 년의 세월이 흘렀고, 나는 어느덧 순화되고 길들여졌다. 심장은 폭발을 견뎌낼 수 없게 변했다. 정열과 패기는 조금씩 잠들어 갔고 이제는 영원히 잠든 것 같다. 소란스러움과 활기보다는 평온과 고요가 더 좋게 느껴지는 나이가 된 것일까? 젊은 시절의 정열을 다시 깨울 수는 없을까? 매사에 무관심해진, 꿈조차 품지 않는 노인.

노년이 생각만큼 나쁠 것 같지는 않다. 젊었던 시절의 동요와 정념은 모두 사라지고, 포기와 고요가 삶을 지배한다. 날렵하고 매끈한, 처녀의 엉덩이 같은 포르쉐보다는 펑퍼짐한 아줌마 몸매의 세단을 더욱 좋아하게 될 것이고. 젊은 시절이 다시 깨워질 수 있을까? 20년간 순화되어진 거칠었던 정열들, 코카서스와 시베리아의 모든 눈을 다 갖다 뿌려도 꺼지지 않을 것 같던 내 마음의 불길들. 젊었던 시절의 그 불길들.

내게는 오디오 취미가 있다. 외로움이 그런 취미를 키우게 했다. 앤틱샵에 들러 진공관도 구하고 트랜스포머 등도 구해서 이리저리 소리 나게 만든다. 거실을 온통 난장판으로 만들고, 집안을 납땜 냄새로 가득 채우며. 가끔 폭발하는 콘덴서에 기절할 듯 놀라기도 했지만 그럭저럭 솜씨가 늘어갔다. 현대에 제작되는 완제품은 심하다 싶을 정도로 비쌌다. 그리고 소리는 세련됐지만 푸근하고 인간적인 맛이 없었다. 이것이 반도체를 사용한 증폭의 특징이다. 나는 진공관 증폭방식을 좋아했다. 가격도 싸고 소리도 부드럽고. 또 스스로 제작 가능하고.

이 취미가 진행되다 보니 마침내는 다양한 진공관들이 나름대로의 특색을 지닌다는 사실도 알게 되었다. 특히 각 국가의 관管들이 그 국민기질을 나름대로 반영한다는 사실은 자못 재밌기도 하고 신기하기도 하다. 미국관들은 화사하고 낙천적이지만 어딘가 통속적이다. 할리우드적 소리라고나 할까. 독일관들은 차갑고 선명하지만 냉담한 품위가 있다. 영국계열 진공관들의 특징은 어딘가 선명하지 못하다는 느낌을 준다. 호방하고 시원스럽지만 해상도가 떨어진다.

나는 영국관들을 밀쳐뒀다. 맘에 안 들었다. 독일관도 나름 많이 사용했고 미국관도 제법 좋아했지만 영국관들은 그냥 그랬다. "멍청해, 멍청해." 하면서 약간은 경멸했다. 사실 영국 출력관들은 매우 우수하다는 평을 듣는다. 나만 유난히 싫어했다.

이해할 수 없는 반전이 일었다. 처음에는 내 변덕을 이해할 수 없었다. PX25라는 형번이 붙은 커다란 진공관이 있다. 영국 오디오를 대표하는 관이다. 심지어 출력관의 로제타스톤이라는 평도 듣는 관이다. 나는 어느 순간 이유도 없이 그 관으로 앰프를 만들고 싶었다. 십 년 이상을 방치해둔 관이다.

내가 PX25 앰프를 시도해보기로 한 내면적 동기는 아마도 노인이 되어가는 내 마음에 있는 것 같다. 나는 젊었던 시절에는 사실 이 관을 별로 좋아하지 않았다. 지나치게 두루뭉술하고, 뭉게구름같이 펑퍼짐하고. 젊었을 때에는 무엇인가 좀 까칠한 개성이 있는 관이 좋았다. 독일계열 관들은 한 성질 한다. 매섭고, 극단적인 해상도를 지니고, 거의 아슬아슬한 고역을 지닌 독일계열의 관들은 내 젊은 시절에 엄청난 호소력을 지녔다. 나는 그 관으로 증폭되는 소리를 좋아했다. 독일관으로 들은 바이올린의 고역은 정말이지 그 아슬아슬함이 '벼랑 위에 핀 꽃'이었다.

내가 PX25 관의 소리를 언제, 왜 좋아하게 되었는지는 생각이 나지 않는다. 언제부터인가 이 관이 그리워졌다. 아마도 이것은 내가 늙어가고 있다는 증거 같다. 호방하고 순박하고 부드러운 푸근함이 좋아지기 시작했다. 헨리 퍼셀의 음악 같은 그 호방함이. 동시에 선명하고 생생한 독일 소리가 부담스러워지기 시작했다.

완성해서 처음으로 전기를 집어넣을 때의 긴장은 형언할 수 없다. 나는 쓸 수 있는 최고의 부품을 투입했다. 그리고 나의 오디오 경륜도 온통 투입했다. 소리를 들으며 나는 많이 놀랐다. 이 앰프는 차로 말하면 이를테면 '로터스 에스프리'이다. 호방한 시원스러움은 여전하다. 그 활기와 씩씩함도 여전하다. 그리고 PX25 특유의 명청함은 모두 사라졌다. 안개는 걷혔다. 감미롭고, 부드러우면서도 호방하고, 시원스럽고, 스케일이 큰 음이 나의 스피커에서 쏟아지고 있었다. 특히 이 앰프에서 쏟아지는 풍부하고 선명한 저음은 놀라울 정도이다. 이 앰프로 베토벤의 4번 교향곡 1악장을 들었을 때에는 내 가슴이 방망이질 치고 있었다. 그 호쾌함. 방금 머리 위에서 깨진 천둥 같은 강력함. 그러면서도 안단테에서는 고요하고 서정적이었다. 좀 여성적이라고나 할까. 고요하고 아름다웠다. 마치 와또나 베르메르의 그림 같은. 부드러움이 강력함에서 나오는 것은 사실이었다. 힘 좋은 발레리나만이 부드럽고 자연스러운 연기를 할 수 있다.

여기서 나의 이야기는 뜻하지 않은 방향으로 흐르게 된다! 나의 자동차와 앰프에 관련한 최근의 경험과 인식이 여기에 그쳤다면 어쩐지 좀 밋밋한 이야기였다. 내 마음에서 극적인 반전이 일어났다. 뒤늦은 반항이 일어났다.

PX25 앰프를 멍하니 듣고 있던 나는 갑자기 소리쳤다. "싱거워!" 정말 그랬다. 이 호방하고 편한 소리가 내게 안락을 주고 있지만 무엇인가 날카로운 맛이 없었다. 듣고 있으면 졸렸다. 마치 착하고 지혜롭지만 재미라고는 없는 여자와 앉아 있는 느낌이랄까. 독일 앰프를 들으니 그 매서운 선명함이 다시 맘에 들었다. 역시 까칠한 맛이 있어야 한다. 어차피 기호품인데. 데리고 살 마누라도 아니지 않은가.

나 자신에 대해 곰곰이 생각했다. "이제 55세이다. 노년의 입구에 있다. 중년은 확실히 지났고 장년도 저물어가고 있다. 무기력한 회색의 노년이 나를 기다리고 있다. 내 생물학적 나이는 그렇다고 말하고 있다. 이미 노안으로 상당히 불편하다. 노년이 나쁜 것만은 아니다. 젊은 시절은 불안과 동요의 시절이었다. 나이 든 사람들의 평온과 안정을 얼마나 부러워했던가. 빨리 나이 들고 싶었다. 이제 내가 젊은 시절에 요구했던 그 안정에 접근하고 있다. 그러나 안정과 안식은 평온이라기보다는 체념이고 포기이다. 이것이 내가 바랐던 노년이었는가. 나는 이러한 내 노년을 수용하고자 하는가."

마음속에서 무엇인가 불만스러운 외침이 가냘프게 들리기 시작했다. 나이 들어가며 자꾸만 편해지려 하고 있고 까다로워지고 있다. 조금만 불편해도 잠을 자지 못하고 음식이 조금만 거칠어도 먹지 않는다. 그러고는 까다로운 나를 "나이 들었으니까." 하고는 합리화해왔다. 주위에서도 그렇게 말하며 나의 합리화를 도와준다. "당신의 젊은 시절은 충분히 고생스러웠고 당신은 삶의 도전에 비교적 성실하게 응해왔다. 그러니 이제 좀 더 편안해져도 좋은 일 아니냐." 모든 상황이 노년을 당연한 것으로 만들고 있다. 젊은 시절에는 아무 곳에서나 숙면을 취할 수 있었고, 삶은 감자 두 개와 우유 한 컵은 충분히 좋은 음식이었다. 이제는 이불이 조금만 접혀 있어도 잠을 잘 수 없고, 그럴듯하고 성의 있게 차려진 식사에나 만족한다.

포르쉐를 포기한 동기는 이것이었다. 동적이고 활기 넘치는 포르쉐 대신 조용하고 부드러운 세단이 더 좋다고 느끼게 만든 것은 확실히 나의 안일이었다. 죽은 듯이 살고 싶은 그 안일. 평온과 안식이 노년의 당연한 보상이라는 합리화가 정열과 활기에의 도전을 꺾었다. 그리고 차에서 어떤 즐거움을 찾기보다는 거기에 그저 운반 도구의 역할을 요구한 것도 나의 나이였다.

나 자신을 돌아보았다. 노년은 세월에서보다는 마음에서 먼저 온다. 편안함과 사치스러움에의 요구가 노년보다 선행한다. 그러고는 이것을 "늙어가니까."라며 합리화한다. 나 자신을 정직하게 바라보았을 때 거기에는 이기적이고 안일한, 늙기 시작하는 역겨운 사람, 교수라는 그럴듯한 직함을 가진 한심한 사람이 있었다.

나는 종로 3가의 지하철역으로 갔다. 노숙자의 경험도 좋은 일이라고 생각하며. 마음먹기였다. 서너 시간의 잠이 꿀맛 같았다. 라면 박스도 훌륭한 쿠션이었고 신문지도 따뜻한 이불이었다. 노련한 옆의 노숙자가 내게 말을 건넸다. "언제 나왔수? 이 생활 자꾸 하지 마시오. 뭐라도 일자리를 구하시오. 습관 되면 여기가 당신 집이 되는 거요."

나는 가끔 노숙자 사이에서 잠을 청하려 한다. 생물학적으로 늙은 것이야 어쩔 수 없지만, 안일과 까다로움 속에서 스스로 노년을 청해서는 안 될 것 같다. 그리고 다시 텐트에서도 자야겠고, 이박삼일짜리 등산도 해야겠다. 며칠을 샤워도 면도도 못한 채로 지내도 보고.

결론을 말하겠다. 포르쉐를 샀다. 세단을 포기했다. 벤츠는 훌륭한 차다. 검은빛을 번쩍이며 품격과 성공을 상징한다. 내 나이도 거기에 어울린다. 그러나 평생 한 번도 그 끝까지 실현된 적이 없었던 마음의 불길을 밀고 나가기로 했다. 차를 몰고 나오며 현실감을 잃는다. 가능하리라고는 생각조차 못했던 차다. 당분간 부모님께는 숨겨야 한다. "무슨 짓거리냐!"고 소리칠 것이다.

이 차는 세단이 주는 모든 안락함을 포기하라고 말한다. 엄청난 폭발력에 수반하는 날 것 그대로의 도로를 느끼라고 말한다. 엊그제는 영동 고속도로에서 시속 260km까지 달려봤다. 가속이 탁월하니 잠깐만 밟아도 그 속도에 이른다. 액셀러레이터를 바닥까지 밟으면 진동이 온몸을 관통해서 흐른다. 굉음과 강력함! 고속도로의 램프를 100km로 빠져나온다. 그때는 호쾌한 속도감이 등줄기를 타고 흐른다. 위험하다고 말하겠지만, 침대에서 앓다가 죽는 것보다는 낫다.

주위 사람들이 자못 놀라고 있다. 얌전하고 분별 있는 사람이라고 생각했나 보다. 살아온 세월은 그러했다. 나 자신으로 살기보다는 주위 사람들과 사회가 원하는 양식으로 살아왔다. 그들을 거역하기가 무서웠다. 그러나 내 기질 속에는 학자나 작가의 영혼보다는 모험가와 탐험가의 영혼이 있다. 시도했던 모든 모험은 주위의 만류로 항상 좌절되었다. 암벽 등반은 인수봉에서의 단 한 번의 추락으로 금지되었고, 오지 여행은 출발조차 못 했다.

이제 더 이상 주위가 요청하는 이러한 삶을 살 수 없을 것 같다. 직업을 잘못 택했다. 관광 안내원이었더라면 차라리 훨씬 행복했다. 그랬더라면 캐나다의 도로도 없는 호수나 아프리카나 아마존의 어떤 오지에 이르는 새로운 루트를 개척했다.

그들인들 욕심이 없고 자아가 없겠는가.

단순히 착한 마음을 가지고 있는 것이고,

그 때문에 그들 스스로 괴로움을 받지만

무엇이든 자기 마음대로인 꿈속 세계에서는

그들의 소원이 성취된다.

허수가 실재 없이 실수체계를 완성시켜주듯이,

꿈도 실재 없이 그들의 현실적 삶에 빛을 비추고는

스스로 밤과 더불어 어디론가 가버린다.

호두까기 인형처럼.

아련하게 기억되는 꿈은

그렇게 자기 소임을 하고는 사라진다.

7

잠버릇

세상에는 희한한 재주를 갖고 태어난 사람들이 꽤 많지만, 어떤 사람들의 괴상한 잠버릇은 단연 발군이다. 각자가 나름의 유전인자와 환경 속에서 발달시켜가는 다양한 개성들은 어떤 경우 거의 경이롭기까지 한데 잠버릇에 이르러서는 도대체 우리가 같은 종에 속해 있는가가 의심스러울 정도로 변이가 크다. 다양한 잠꼬대들, 괴상한 비명들, 이상한 몸짓들, 참아주기 어려운 행태들. 잠버릇으로만 보자면 개체의 다양성은 가장 멀리 떨어진 종들의 차이보다 더 크다. 이것은 절대 과장이 아니다. 나는 경험했다.

잠버릇으로 보자면 인간이 의식적 삶을 살기 위해 많이도 애써 온 것이 보인다. 무의식 속에서 얼마나 환상적인 추태를 부리는가를 보자면. 멀쩡한 사람의 기준으로 보면 그것은 추태를 넘어 미친 짓에 이른다. 나는 어떤 때는 깨어 멍하니 내려다볼 때가 있다. 어이없는 정도를 한참 넘으니 웃음조차 안 나온다. 인간희극이다. 품위 있는 척하는 인간이란 동물이 원래는 저런 짐승이었다. 의식이라는 외피가 얇게 추태의 피막을 이룬다. 그러니 인간이란 도금된 동물이다. 망령은 늙어서 도금이 벗겨진 경우이다. 아마 젊어서 싸구려 도금을 했을 터이다. 자기 수양도 안 하고 자기반성도 없이 살고. 호모사피엔스라니 정말 웃긴다.

인간은 자기가 어찌해 볼 수 없는 과오에는 뻔뻔해진다. 잠꼬대가 물론 과오는 아니다. 사자가 사슴 사냥하는 것이 과오가 아니듯 잠꼬대나 코골이가 과오는 아니다. 그러나 잡아먹힌 사슴이 내 사슴일 때는 그것은 용납 불가능한 과오다. 마찬가지로 내가 잠버릇에 시달리면 그것은 과오다. 나는 내 잠동무가 만만할 때는 감연히 항의했고, 그렇지 않을 때는 구시렁거리며 투덜대곤 했다. 부질없는 짓이다. 먼저 잡아뗀다. 움직일 수 없는 증거를 제시하면 이제 뒤집어씌운다. "토끼잠을 자는구만." 이런 종류의 사람 많다. 잔디밭을 밟는다고 지적받으면 "길에 잔디를 왜 깔았냐."고 항의하는 사람들이다.

하긴 그들도 어찌해 볼 수 없다. 무의식 속에서 발생하는 일이니 노력조차 해 볼 수 없다. 심신미약 상태에서 발생하는 범죄에는 정상참작의 여지가 있다. 하물며 무의식 속에서 발생하는 범죄에 대해서야 면책밖에 길이 없다. 냉장고 안에 소변을 본다 한들 몽유병이라면 용서할밖에. 그냥 이런 사람을 잠동무로 안 만나길 바라는 수밖에. 이것은 작은 문제가 아니다.

나는 잠버릇이 고약한 사람들과 끈질긴 인연을 맺고 살아왔다. 나처럼 다양한 코골이꾼들을 경험한 사람도 없을 것이고, 나처럼 소란스럽고 별스러운 잠꼬대꾼들과 잠동무를 많이 한 사람도 없을 것이다. 경험만으로 논문이 가능하다면 그 분야의 논문을 몇 편쯤은 쓸 수 있겠다. 그러나 논문은 경험만으로 가능하지 않다. 학문도 있어야 한다. 학문은 내게 없다. 이때에는 공부가 아쉽다. 젊었을 때 술 덜 마시고 공부 좀 했어야 했다. 경험은 종합할 지성이 없으면 지리멸렬하다. 그 지리멸렬만으로도 한몫하는 사람이 많긴 하지만.

나는 기억할 수 있는 한 인생의 초기 국면에서부터 코 고는 소리에 고통받아왔다. 유아는 운명의 전적인 노예다. 모든 것이 주어진 대로이다. 어린 소년이 자기 운명을 선택할 수는 없고 원하는 대로 가족을 선택할 수도 없다. 코 고는 사람들 싫다고 가출할 수도 없고. 스토아주의자의 인생관은 코골이들 때문에 고통받는 한 꼬마를 이미 물들였다. 그는 모든 것을 팔자소관으로 돌리고 살아간다. 제법 초연해진다. 산다는 것은 본래 고통의 바다를 헤엄치는 것이라고 생각한다. 암담한 내 인생관은 이미 그때 생겼다.

그러나 나의 어린 동생마저 내 귀에 코를 박고 천둥소리를 내고, 발로 내 허벅지를 냅다 걷어차고 할 때에는 다른 가족에게서 다시 태어나고 싶다는 생각도 많이 했다는 것을 고백하겠다. 안방에서 집 전체를 통주저음으로 울려대는 대장님의 반주에 맞춰 나의 동생들은 제각기 오보에와 플루트를 불었다. 셋째는 그 와중에 연기도 한다. 벌떡 일어나서 책상 정리를 깨끗이 하고 잔다. 내 책은 자기 가방에 챙겨 넣고, 자기 책은 내 실내화 주머니에 넣고. 어느 날인가는 안경 없이 학교에 갔다. 그 대견한 동생이 옷장 속에 정리해서 집어넣었다. 보름쯤 후에 우연히 발견됐다.

전생에 내가 코를 엄청나게 골아서 가족 모두에게 많은 고통을 주었다고 체념하는 것이 차라리 자기 위안을 위해서는 도움이 된다. 그러면 삶을 좀 더 긍정적으로 본다. 빚을 갚는 것이라고 생각한다. 불교 철학을 배울 때 무릎을 쳤다. "전생이 문제다."

전생에 키우던 개에게도 불면의 고통을 주었나 보다. 어린 시절을 내내 함께 지낸 우리 집 개도 자못 코를 골았으니. 동물의 경우 그들의 잠은 의식으로부터 그렇게 멀리 후퇴해 들어가지 않는다. 의식이 선명하지 않은 대가이다. 살펴보자면 동물들에게 있어서는 의식과 수면의 경계가 불분명하다. 인간적 편견으로 보자면 그들의 잠은 대체로 가수면 상태이다. 언제나 선잠을 잔다. 그리고 가끔 눈을 떠 주위를 살피고 다시 잔다. 그 대가로 의식 상태에 있을 때에도 인간만큼 선명한 의식 상태에 있지는 않은 것 같다. 아니면 인간 사회와 달리 형사소추제도가 없으니 스스로 자기 몸을 지켜야 하기 때문일지도 모르겠고. 그러나 우리 집 개는 언제나 안심하고 숙면을 취했다. 주인님이 자기를 지켜주어야 한다고 생각했는지 모르겠다. 나는 개가 낼 수 있는 콧소리가 얼마만큼 클 수 있는가를 체험으로 실감했다.

그 조그만 놈이 풀무 같은 숨소리를 내면서 코를 드르렁거릴 때에는 기가 막히고 어이없었다. 상당히 거슬리는 소리를 낸다. 아마도 콧구멍이 작아서일 터이다. 가는 파이프를 공기가 빠르게 통과하는 소리를 낸다. 머리통을 쥐어박아서 깨워놓으면 완전히 잠에 취한 눈으로 주위를 두리번거리고는 단 1초 만에 다시 코를 골아댔다. 잠꼬대만 안 했더라도 참을 만했다. 그러나 우리 집 개는 자기의 모든 현실적 삶을 꿈속에서 재현하는 것 같았다. 낑낑거리기도 하고, 으르렁거리기도 하고 또 가끔씩 벌떡 일어나서 짖어대기도 하고. 몽유병적 증세도 있어서 눈을 반쯤 감고는 화분에 몸을 비비고 꼬리를 치고 하다가 다시 잠들기도 했다. 꿈길에서는 제주 한란이 자기 주인님이다. 정말 희한한 개였다.

술 좋아하는 우리 작은 아버지가 그놈에게 막걸리를 먹였던

날 밤에는 내 어린 시절을 통틀어 최악의 꿈으로 시달렸다. 시끄러운 방앗간에 있는 꿈, 천둥 치는 밤에 홀로 서서 비를 맞는 꿈, 내 옆에서 수류탄이 터지는 꿈 등. 개 밥그릇에 막걸리를 따라주는 무분별은 좀 심했다. 아무리 대작할 사람이 없다고 해도. 우리 집 개는 어쨌건 술을 싫어하시지는 않았다. 수염에 허옇게 막걸리를 묻혀 가며 쩝쩝댔으니까. 가끔 오바이트도하고 필름이 끊어지기도 했다. 확실했다. 쥐어박혔던 줄도 모르고 여전히 행복해했으니까.

네발 달린 짐승이 넘어지는 거 보았는가? 이리저리 비틀거리고 넘어지던 우리 집 개는 마루 밑으로 기어들어가서 마룻바닥을 울려가며 하룻밤 내내 코를 골았다. 특유의 잠꼬대와 더불어. 시골의 가을밤은 귀뚜라미의 단조로운 울음을 빼고는 매우 조용하다. 그 조용한 밤에 우리 집은 전체가 울려댔다. 멀쩡할 때에도 요란한 잠을 자던 개였으니 술까지 한 잔 걸쳤을 때 어떠할지를 상상해보라. 나는 "우리 집 개가 이제 드디어 미쳤구나!"라고 생각했다. 마룻바닥에 손을 대면 손이 울렸다. 이를테면 우리 집 개의 콧소리가 현이라면 마루 전체가 울림통이었다. 아니면 그 대단한 코가 스피커 유닛이라면 마루 전체가 스피커 인클로저였다. 기적이었다.

잠자기를 좋아하던 그 개가 영원한 잠에 자기 몸을 맡기게 되었을 때, 참으로 슬펐고 때때로 그리웠지만 그래도 그 코 고는 소리는 그립지 않았다. 나는 그저 잠깐 울었고 명복을 빌어줬다. 부디 다음에는 코 안 고는 개로 태어나기를. 훨씬 많이 사랑받을 테니까.

새로운 강아지를 입양했다. 어쨌든 나는 개 없이 못 살았다. 짐승을 좋아했다. 이제 한배 새끼들의 코만 살폈다. 예리하게 살폈다. 그리고 콧구멍이 큰 놈으로 하나 골랐다. 내 운명이 그렇다면 그 소리라도 괜찮은 놈으로 골라야 한다. 실수였다. 단지 플루트 소리를 호른소리로 바꿨다. 음량은 더욱 컸다. 속도도 조금 느렸다. 안단테 정도랄까.

'코 고는 햄스터'라면 흥행 가능성이 있지 않을까? PC와 마주 앉아 있던 나는 등 뒤에서의 괴기스러운 소리에 눈을 두리번거렸다. 비닐봉지를 문지르는 소리랄까, 문풍지가 가늘고 빠르게 떨리는 소리랄까? 소리도 색조와 같다. 익숙한 벽지에 새로운 점이 찍히면 기분이 먼저 알아차린다. 이 소리는 새로 찍힌 점이다. 날 수 없는 소리이다. 햄뚱이! 그 뚱뚱하고 태평한 놈이 코를 골아 대기 시작한다. 중년의 추태가 시작되었다. 작은 동물이라고 소리가 작지 않다. 피콜로가 호른 소리보다 작지 않듯이. 나는 개탄하느라고 놀랄 타이밍을 놓쳤다. 케이지를 집어서 창고 방에 집어넣고는 얼른 문을 닫았다. 거기서 실컷 코 골고 자라. 요새 우리 햄뚱이는 외롭다.

이마트에 가서 따졌다. 코 고는 햄스터를 팔면 안 된다고. 직원은 어리둥절하며 부정했다. 햄스터는 코 골지 않는다고. 나는 즉시로 스마트폰을 꺼냈다. 직원의 눈 커지는 소리가 들렸다. 포복절도. 직원들이 돌아가며 구경한다.

애가 어린 시절부터 점잖게 자지는 않았다. 한 바퀴씩 돌며 잤다. 이젠 자전운동을 하며 코를 곤다. 쳇바퀴는 트레드밀이 아니라 침실이다. 거기에서 빙빙 돌아가며 코를 곤다. 이 게으르고 뚱뚱한 짐승은 마치 털실 뭉치처럼 동그랗다. 그렇게 운동을 안 하고 먹기만 해도 대사성 질환에 안 걸린다. 아무튼, 뇌경색이나 당뇨의 징후는 없다. 누워 자는 설치류는 신비이다. 돌다 보면 대자로 자기도 한다.

누가 코를 골지, 그렇지 않을지를, 잠동무를 해보지 않는 한 미리 아는 것은 불가능하다. 원천적으로 불가능하다. 직관이 아무리 뛰어나다 해도 그것은 예측불허이다. 아름다운 모습과 비단결 같은 목소리도 조용한 숨결과는 전혀 상관없다. 그러니 결혼을 앞둔 젊은이들은 그 점과 관련해서 자신을 운명에 맡길 수밖에 없다. 대놓고 물을 수는 없다. 그랬다간 장가 못 간다. 묻는다 해도 대답은 뻔하다. 누가 자기 코고는 소리를 듣는가. "나는 코 안 곤다."이다. "너 코 곤다."고 말해줘도 소용없다. 녹음해서 들려줘도 우긴다. 자기가 저렇게 흉악한 소리를 낼 리 없단다. 촬영까지 해서 보여 주면 기겁한다. 그러고는 어떤 경우에는 자기혐오에 빠진다. 기껏 코 고는 것 때문에 누구를 자기혐오에 빠뜨리지는 말자. 그러니 촬영까지는 말자. 그래도 한다면 당신은 참 잔인한 사람이다. 난 햄풍이에게만 한 번 그랬다. 재미로.

중요한 점은 세월과 코 골기의 관계이다. 지금 안 곤다고 영원히 안 골지 않는다. 잔인한 세월은 새침한 아가씨를 걸쭉한 코골이로 만든다. 그러니 거실 소파에서 온갖 형태의 쇼를 벌이는 부모를 비웃으면 안 된다. 그것이 삼십 년 후의 자기 모습이다.

어떤 코가 코를 고는지 그렇지 않은지를 알 수는 없다고 해도, 일단 모든 사람이 코를 곤다는 전제를 한다면 그 소리는 콧구멍의 크기와 코의 길이와 어떤 상관관계가 있다는 것은 확실히 알 수 있다. 콧구멍이 크면 음량이 풍부하고 저음이면서 화음이 두텁다. 프렌치 혼이나 파곳을 생각하면 되겠다. 코가 길면 배음이 풍부하면서 리듬이 느리다. 반대로 콧구멍이 작으면 날카롭고 고음이다. 피콜로를 생각하면 될 것이다. 또 코의 길이가 짧으면 여운이 없으면서 속도가 빠르다. 만약 당신이 안단테 정도의 속도와 테너 정도의 음높이로 울려대는 소리를 듣는다면 그 코는 적당한 길이와 적당한 크기의 콧구멍을 가진 잘 생긴 코라고 추측해도 대체로 맞다. 모든 것이 생긴 대로이다. 그것이 '꼴값'이다. 예쁜 코는 소리도 예쁘게 낸다. 아프리카에서 온 학생과 기숙사 방을 같이 썼는데 드넓은 방이 화음으로 꽉 찼다. 음량도 대단했다. 대장간 풀무처럼 씩씩거렸다. 그의 콧구멍에는 1달러짜리 동전도 들어갔다. 진짜다.

여러분이 통계라는 학문을 신뢰한다면 코의 모양과 코골이 소리와 관련된 나의 이 통계적 탐구도 믿어야 한다. 충분한 표본조사가 있었고, 나름대로 개인적인 설문조사도 있었다.

이와 같이 모든 코는 ― 코 골기와 관련하여 살필 때 ― 몇 가지 조합 중 하나에 들어맞는다. 자기 잠동무를 임의로 선택할 수 있다면 위의 분류를 참조하기 바란다. 코골이를 피할 수는 없다. 어차피 삶은 최악이다. 그래도 원하는 음을 들을 수는 있어야 하지 않겠는가. 당신이 관악기를 싫어한다면 절대로 넓적한 코는 안 된다. 바이올린의 고역이 싫다면 코끝이 동글동글한 사람을 고르라. 그런 코의 소리는 주로 중역대에 몰려있다. 7백 헤르츠에서 9백 헤르츠 정도의.

코골이들과 맺은 나의 인연은 대학에 들어가서 새로운 전기를 맞았다. '여성과 코 골기'의 관계에 대한 새로운 경험. 아름다운 여자분들이 코를 곤다고는 도저히 생각할 수 없었다. 성차별이 아니다. 나의 성장 경험이 원인이다. 어머니는 그나마 다행히,

코골이들 때문에 나와 마찬가지로 고통받는 분이셨다. 그냥 막연히, 천사들이 코를 골지는 않겠거니 생각했다. 나의 희망이 근거 없는 무의식적 가정을 하게 만들었다. 사실 나는 여성에 대한 환상 속에서 자라났다. 멀리 떨어진 여동생 외에 남자 삼 형제로 컸으니까.

나는 첫 미팅을 어떻게 했는지도 모르고 치렀다. 흰색의 번쩍이는 구름이 내게 다가왔다. 나는 가방을 꼭 껴안고 코코아를 주문했다. 내가 한 어른스런 짓이라곤 담배를 꺼내 문 것뿐이었다. 그나마 거꾸로 물고는 필터에 불을 붙였다. 환하게 일어나는 불꽃. 망신. 울고 싶었다. 나중에 우연히 우리 학교 축제에 온 그녀를 멀리서 본 나는 가까운 아무 건물로 들어갔다.

나는 지금까지도, 여성은 모두 천사이고, 그녀들이 짓는 모든 교태와 애교는 하나의 은총이요, 은혜라고 생각한다. 검은 옷을 장중하게 입은 여성이 책이라도 읽고 있으면 고대 그리스의 헤게소를 떠올리고, 이마를 찌푸리면서 슬픈 표정을 지으면 이제 D 단조로 변조되는 샤콘느를 떠올린다. 이런 사람이 어찌 여성에게 코골이의 혐의를 두겠는가.

그 시절은 여름방학이 시작되면 일주일 정도의 농촌봉사활동을 하던 때였다. 정상적인 대학생이라면 그랬다. 좁은 방에 열서너 명씩 잔다. 비올라가 음을 고르는 것으로 시작했다. 코 먹은 듯한 맹꽁이 소리. 감기 걸린 바이올린 소리. 이어서 제1바이올린이 고음의 주선율을 연주하고 마지막으로 첼로의 통주저음이 덧붙여졌다. 현악삼중주. 두 분의 여성 연주자와 한 명의 남성 연주자. 여자도 코를 곤다! 환상이 깨진 것으로 그치지 않았다. 여성 코 골기가 주는 괴로움은 그 날카로움과 더불어 남자 것 이상이었다. 그 음역이 대체로 2천 헤르츠 정도에 있었다. 괴로웠다. 낮으로는 참외 따고 수박 따고 담뱃잎 솎아주고, 밤으로는 최악의 삼중주를 들어야 했다. 불운한 사람은 어딜 가나 불운하다.

다음 날 아침 그 연주자들을 향해 비난이 빗발쳤다. 거의 노골적인 비난이 쏟아졌다. 세 사람이 마당 돗자리 위에서 자는 것으로 결론 났다. 모기에 시달릴 텐데. 피도 눈물도 없었다. 나는 그 비난과 야유에 다시 한 번 놀랐다. 현실이 고달프고 운명을 바꿀 수가 없을 때에는 이제 동양적 체념을 습득할 수 있다. 그런데 다른 사람들은 그렇지 않은 운명들을 살아왔나 보다. 그렇게도 격렬한 원성을 토로하니. 나는 대부분의 사람들이 코를 곤다고 생각했다. 경험이 관념을 구성하지 않는가.

그 연주자들은 이제는 결혼해서 아이들도 낳고 잘 살고 있다. 때때로 물어보고 싶다. 그들이 아니라 배우자들에게. 아직도 자면서 연주하느냐고. 생각하건대 이제는 부자지간에 같이 골아댈 것이다. 나는 많은 경험을 통해, 코 골기는 단지 획득형질이 아니라 유전인자 속에 뿌리박은 선천적 성질을 지닌다는 것을 확신한다. 지금 코 고는 사람은 그의 조상들을 충실히 재현해내고 있다. 먼 태초에, 최초의 폭발 후에 성운이 회전하면서 별과 행성을 만들어 낼 때, 이미 코골이 유전자가 생겼다.

그리하여 인류의 생물학적 조상들 중에도 확실히 코 고는 놈 과 그렇지 않은 놈이 있었을 것이다. 어떤 원숭이는 코를 골고, 어 떤 원숭이는 조용히 자고, 어떤 붕어는 잠꼬대를 하고 다른 붕어 는 조용히 자고. 공룡은 어떤 소리를 내며 코를 골았을까? 엄청나 게 요란했을 것이다. 현대의 어떤 테크놀로지도 그것을 흉내 내지 못한다. 상상만으로도 대단하다. 방풍림이라도 있어야 다른 짐승 이 잘 수 있었다.

코골이가 가장 나쁜 잠동무는 아니다. 최악의 잠동무는 그것 이외에도 다른 것들을 하는 사람이다. 이 점에 있어서도 나의 어 린 시절이 행복하지 않았다. 어느 날 밤인가 나의 다정한 잠동무 였던 동생이, 굉장한 속도로 방바닥을 손으로 저어서 책상 쪽으로 전진하다가 책상다리에 머리를 박고는 다시 잠으로 빠져 들어갔 다. 코는 여전히 골면서. 나는 죽을 정도로 놀랐다. 이 무슨 자기 학대인가. 자살적 행위다. 책상다리가 아니라 벽이었다면 머리는 절단 났다. 나는 그놈 머리맡에 가방을 던져놓고 잠들곤 했다. 다 음 날 아침, 머리에 주먹만 한 혹을 단 채로 "수영하는 꿈이었어."

한다. 얼마나 수영장엘 가고 싶었으면! 원래 수영도 하고 자전거도 타는 아이이니 특별히 놀랄 일은 아니다.

여름이면 가족이 개울로 놀러 가곤 했다. 그날 밤 동생이 자다 말고 갑자기 쪼그리고 앉더니 손바닥에서 무언가를 골라냈다. 못 알아들을 소릴 중얼거리며. 나는 잠꼬대를 한다고는 생각 못했다. "뭐 하니?" 동생의 대답에 나는 가슴이 내려앉았다. "다 죽은 놈이야." 다슬기를 잡고 있었다. 내 물음에 답변까지 하며. 다음날 어머니는 기어코 병원엘 데려갔다.

이 모든 소란들도 군대에서 만난 한 기인이 나에게 준 괴로움에 비한다면 전주곡 수준에 지나지 않는다. 나는 부대 역사를 정리하는 작전참모부 소속의 행정병이어서 사무실에서 혼자 서류를 정리하고 문 쪽의 간이침대에서 자야 했다. 비밀 문건이 너무 많아서 비워둘 수가 없다는 것이 참모부의 견해였다. 말이 좋아 견해이지 상관의 견해가 명령이 되는 곳이 군대이다. 암시적인 눈초리 하나도 그냥 넘어가서 안 되는 곳이 사나이들의 세계이다. 한 대라도 덜 맞으려면 눈치코치를 키워야 하는 곳이다.

숲에 둘러싸인 막사에서 혼자 자는 것이 그렇게 유쾌한 것은 아니다. 부스럭 소리에도 깜짝 놀라곤 한다. 내가 본 모든 공포영화가 다 되새겨질 정도로 무섭다. 갓 훈련을 마친 이등병이 어느 날 간이침대를 가지고 내 옆자리로 오게 되었다. 도저히 내무생활을 견딜 수가 없었다. 안 하는 것이 없는 사병이었으니까. 코 고는 것, 이 가는 것, 잠꼬대, 몽유병적 행동 등. 이제 전역을 한두 달 앞둔 선임병들은 우선 몸이 너무 편하고 또 제대 후의 계획 등으로 신경이 몹시 날카로워져서 잠을 잘 못 이루게 된다. 그런데 새카만 졸병 놈이 마음 놓고 코를 골아대니 그 양쪽 뺨이 성할 날이 없었다.

잠잘 때 코 고는 것이 군인의 기강과 무슨 상관이 있는지 모르겠지만, 잠들어 있는 졸병의 뺨을 갈기고 물을 한 바가지씩 퍼부어대는 이유는 '군기가 해이해서 코를 곤다'는 것이었다. 우리 내무반의 전우애 수준은 그 정도였다. 하긴 웃는 것도 '군기가 빠져서'라고 얘기하는 놈들이다. 항상 공포에 떠는 졸병이 그들에게 만족스러웠나 보다. 빌어먹을 촌놈들이었다. 군대 와서 출세한 놈들이다. 고향에서는 경운기 외에는 자기 명령을 들어주는 것이 없었을 터이다. 여기에서는 마음만 먹으면 얼마든지 하느님이 될 수 있다.

그 촌놈들이 부탁했다. 데려가서 같이 잘 수 없겠냐고. 거절하고 싶은 마음이야 굴뚝같았지만, 그 이등병의 두려워하는 눈빛과 부어오른 양쪽 뺨이 너무 애처로워서 운명에 대한 예의 그 체념으로 받아들였다.

신기원이었다. 코는 150 데시벨 정도로 골아댔고, 가끔 침대에서 떨어져 철제 캐비닛에 부딪혔다. 그러면 한 1분간씩 징소리가 났다. 심지어는 작전계획을 처음부터 끝까지 외워댔다. 이것은 보통이고 분명히 야전침대에서 잠들고는 아침이면 어리둥절한 표정으로 바닥에서 일어나기도 했다.

겨울이면 야전침대에서 침상으로 옮겼다. 춥기 때문이다. 잘못된 결정이었다. 잠이 들면 먼저 밀어붙이기 시작한다. 밀리다 못해서 아예 반대편으로 가면 이제 그도 방향을 바꾼다. 나는 다시 베개를 들고 반대편으로 간다. 이러한 왕복을 몇 번 해야 하룻밤이 지나갔다. 자고 나도 잔 것 같지 않다. 정신이 멍하다.

만약 코골이가 어떤 리듬을 가지고 있다면 그 소리가 아무리 시끄러워도 그럭저럭 잘 수 있다. 사람은 보통 리듬에는 어쨌든 익숙해질 수 있다. '태초에 리듬이 있었다'고 하지 않는가. 그러나 그 소리가 불규칙할 때에는 정말 힘들다. 그 이등병의 경우에는 완전히 예측불허였다. 거기다가 가끔 숨이 막혀서 넘어가는 듯한 느낌을 주기도 했고. 코 고는 소리가 크레센도되다가 갑자기 딱 멈춘다. 그러고는 사위가 조용해진다. 상당한 시간이 흐른다. 굉음과 침묵의 공포스러운 대비. 군의관을 부르든지 군목을 부르든지 해야 할 것 같다. 그러다 한꺼번에 터져 나오는 천둥소리. 나의 불운, 나의 숙명!

그는 모른다. 내가 한숨을 내쉬며 많은 밤을 뜬 눈으로 샜다는 것을. 그 징소리에 놀라서 내 개인화기를 황급히 찾았다는 것을. 기상 때의 그 태연자약한 모습을 때때로 미워했다는 것을. '과거에는 슬픈 그림자가 지지 않는다'해도 그 밤들이 그립지는 않다. 누군들 그런 밤을 그리워할까. 그렇게 많은 밤을 자는 둥 마는 둥 하며 지새워보라. 마치 수명이 줄 것 같다. 부부였다면 눈물로 지새웠을 것이다. 그래도 어쨌든 그의 내무생활은 편하게 되었다. 인간 삶에서는 미덕보다는 악덕이 더 많은 편안을 제공하는 때가 왕왕 있는데 그 경우가 그랬다. 나쁜 잠버릇이 악덕이라면 그렇다. 큰 악덕은 아니고 의도적인 악덕도 아니라 해도 미덕은 아니지 않은가.

어쨌든 그 지옥 같은 내무반을 벗어났으니 그에게는 천국의 나날이었다. 항상 생글거리고 귀여움을 부리려고 애썼다. 행, 불행은 상대적인 것이고 군대 생활에서는 그 정도만 되어도 커다란 행운이다. 볼에 불이 붙는 통증과 함께 잠을 깰 일은 없으니까. 그는 내게 두 얼굴을 가지고 있는 셈이었다. 밤에는 악마였고 낮에는 천사였다. 얼마나 눈치가 빠른지 원하는 것들을 말 안 해도 미리 챙겼다. 낮에만. 밤에는 공포의 대상이었다.

그와의 만남이 신기원이었던 이유는 이것만이 아니다. 잠버릇과 그 당사자 사이에 어떤 관계가 있다는 것을 발견했다. 이것은 완전히 그 덕분에 알게 되었다. 그는 기실 선량하기 짝이 없었다. 남쪽의 어느 촌 출신으로 단순히 글씨를 잘 쓴다는 이유만으로 참모부에 근무하게 된 사병이었다. 군대란 그 허영에 있어서는 어느 단체에도 뒤지지 않고, 내용보다 형식을 중시하는 데에 있어서도 어느 조직체에 뒤지지 않는다. 작전계획을 멋들어진 글씨로 단정하게 쓸 용도만으로도 사병 하나를 필요로 한다. 하기야 흔해 터진 것이 사병이다. 사병의 인건비란 없는 거나 마찬가지다. 월급이 3천 원이었다. 그나마도 국가가 지불한다. 가장 저렴한 공무원이다. 사단장은 가방끈 긴 아무 사병이나 불러다가 자기 아이의 과외 선생을 시켰다. 당시는 법적으로 과외가 금지된 시절이었다.

그는 키가 작달막하고, 통통하고, 먹을 것을 아주 좋아하고, 악의란 도대체 없는 친구였다. 거기에다 소심하고, 겁도 많고, 몹시 수줍어하는 성격으로 얌전하기만 했다. 그렇게 점잖은 사람이 잠이 들면 연산군으로 변한다. 내무반 전체를 공포 분위기로 몰아넣는다. 아무튼, 고참들은 사단장보다도 그를 더 무서워했다.

하룻밤을 혼쭐이 빠진 채로 지새고 아침 식사를 하던 어느 겨울날, 수줍어하는 그의 선량한 눈을 망연히 바라보면서 나의 상념은 조금씩 과거로 미끄러져 들어갔고, 나의 역사상의 잠동무들에 대한 어떤 일반화가 섬광처럼 나의 마음을 때렸다. 어린 시절부터 축적되어온 기억들이 모두 되살아났고, 거친 잠버릇으로 내게 고통을 주었던 사람들과 그 기질 사이에 어떤 관계가 있다는 것이 발견된 것 같았다. 코 고는 것은 몰라도 그 외에 잠꼬대나 기타의 잠버릇은 확실히 그 당사자의 성격과 어떤 상관관계가 있었다. 그 것은 다음과 같다. "그들의 '의식적' 삶이 조용하면 조용할수록 그 들의 잠버릇은 유난스럽고 거칠다."

그들은, 의식적 삶을 다른 사람의 그것보다 더 힘들고 더 피 곤하게 영위한다. 그것이 그들의 소심증에서 나왔건 착한 마음에 서 나왔건 그들의 기질은 체념, 인내, 배려, 살핌, 양보, 포기, 사 려 등으로 점철되어 있다. "고집이 없는 것이 내 고집이라서요." 할 때의 그는 사실은, "고집을 피우기에는 자신이 없어서요."라거 나 "고집을 피워서 다른 사람을 힘들게 하기는 싫어서요."라고 말 하고 있다. 그러니 서로에게 고통을 주고, 자기 욕심을 챙기고, 다 른 사람을 밟는 이 세상에서는 계속적인 피해를 보고 산다. 그들 은 거칠지도, 드세지도, 뻔뻔스럽지도 못하다. 세상 사람들이 모 두 자기와 같을 것이라고 생각하는 사람들이고 그냥 내버려두면 그 인생이 참으로 애처로운 사람들이다.

그들은 철학자적 인내와 불교도적 체념을 키우면서도 한恨 따 위를 말하는 사람들도 아니다. 한에 대해 말하는 사람들은 한을 품을 이유가 없다. 말함에 의해 이미 풀었으니까. 계속 말한다면 이제 자기연민이거나 증오심이다. 그러나 잠버릇이 고약했던 모든 사람들은 한 따위를 떠들어대지 않았다. 심지어 그런 것이 있는지도 모른다. 내 경험상 그랬다. 이들은 그저 자기에게 닥치는 삶의 고통에 어리둥절할 뿐이다.

그러나 잠의 세계에서 그의 무의식은 의식세계에서의 체념에 대한 보상을 요구한다. 자제와 양보가 그의 실제적 삶이었으니, 이제 그의 몽환적 삶에서는 열의와 획득이 자신을 주장한다. 원하는 것도 많고, 분노의 대상도 많고, 하고 싶은 말도 많고, 먹고 싶은 것도 많다. 그들은, 우리가 아는 삶에서 무엇인가를 포기하지만 우리가 모르는 세계에서 그들의 요구를 충족시킨다.

먹고 싶은 것이 많은 나의 이등병은 잘 때도 "냠냠, 쩝쩝"하면서 영계백숙을 먹었고, 수영장에 가고 싶어 며칠을 눈치 보던 나의 착한 동생은 머리에 야구공을 달았다. 이러한 그들 삶의 낮과 밤의 대비가 나의 마음을 쳤다. 슬프게 쳤다. 바로크 회화의 키아로스쿠로chiaroscuro가 감상자에게 그러했듯이. 그들의 잠버릇을 어떻게 내가 더 험담할 수 있고, 그들의 착한 양보를 어떻게 당연한 것으로 받아들일 수 있겠는가.

그들인들 욕심이 없고 자아가 없겠는가. 단순히 착한 마음을 가지고 있는 것이고, 그 때문에 그들 스스로 괴로움을 받지만 무엇이든 자기 마음대로인 꿈속 세계에서는 그들의 소원이 성취된다. 허수가 실재 없이 실수체계를 완성시켜주듯이, 꿈도 실재 없이 그들의 현실적 삶에 빛을 비추고는 스스로 밤과 더불어 어디론가 가버린다. 호두까기 인형처럼. 아련하게 기억되는 꿈은 그렇게 자기 소임을 하고는 사라진다.

잠 속에서는 면회 한번 못 오는 부모의 가난이 없어질지도 모르겠고, 아직 군인이 아닌 과거의 행복했던 시절 속에 자신이 처해 있을지도 모르겠다. 면회실로 나가는 어떤 동료도 부러워하지 않는 척하고, 자기에게 미치지 않는 즐거움을 단지 다정스런 웃음으로 바라본다 해도 그 이등병인들 왜 가족을 만나고 싶지 않고 왜 외출하고 싶지 않겠는가. 그렇지만 그는 그 즐거움을 꿈속에 예비한다. 그 소원은 오늘 밤에 성취된다. 아니면 내일 밤에든지. 그리고 낮에는 고통의 호소나 희망의 피력 없이 그냥 참고 살아간다.

지금은 무얼 할까. 농사지을 것이다. 그 이외의 운명은 없고 또 바라지도 않는다고 했으니까. 소도 몇 마리 키우고 있겠다. 하긴 소와 비슷하게 생겼다. 경운기에 올라탄 그를 상상하기는 어렵다. 소 뒤를 쫓아다니며 스토아주의자의 인내와 체념으로 살고 있겠다. 소와 더불어 코를 골아 대면서.

나의 이등병이여, 내가 고통을 준 것이 있다면 부디 잊기를.

섭섭하게 한 것이 있다면 부디 선의로 해석하기를. 함께 지냈던 그날들에 힘든 순간이 있었다 해도 다정한 미소로 떠올리기를.

잠동무와 관련된 그 후의 나의 인생에는 얼마간의 여백이 있다. 십수 년을 혼자 살게 되었다. 많은 외로움과 쓸쓸함에 시달렸다 해도 그때마다 나를 힘들게 했던 잠동무들의 기나긴 역사를 생각하며 잘 참아냈다. 어떤 때에는 침대 위에서 벽에 딱 들러붙으며 "이렇게 홀가분하고 조용하니 얼마나 좋아!"하고 스스로를 위안했다.

인생의 섭리는 그러한 기만적 위안을 언제까지 그냥 두지 않는다. 내게도 때가 왔다. 늦게나마 왔다. 콧구멍도 살피지 않을 만큼 운명은 묘한 것이다. 소위 말하는 '사랑은 장님'이다. 이것은 민감한 사안이고 내게 중요한 사람의 분노를 사서 좋을 것은 없다는 것을 이해해 달라. 그러므로 진실을 듣고자 하는 마음속의 요구를 참기 바란다. 나는 단지, 자애로운 우연의 여신이 그녀를 위해 잘 단련되고 체념적인 사람을 예비했다는 것만 말하겠다. 그리고 잠버릇이 유난한 사람들을 체념보다는 적극적인 이해로 수용한 것처럼 시끄러운 코골이들도 이제는 체념이 아닌 다른 어떤 것으로 수용한다는 것도. 중요한 사람을 체념할 수는 없는 노릇 아닌가. 그 중요한 사람이 지금 어디에 있는지 자면서도 확인하기로 그 소리보다 더 좋은 것은 없다. 단조롭지만 음악적인 그 소리가 없으면 잠자리가 상당히 불안하게 되고 말았다. 사랑은 장님 이상으로 귀머거리이다.

이러한 식으로 이제 어떤 잠동무와도 같이 잘 수 있게 되었고 어떤 종류의 잠버릇도 이해할 수 있게 되었다. 여러 운명의 신들의 섭리는 언제나 자애롭다. 현실을 바꿀 수 없을 때에는 현실에 대한 내 마음을 바꾸어 주니.

One Man's Dog

―――――

비밀이 있다. 당신에게만 알려주겠다.

정신이 먼저 죽지 않을 방법이 비밀리에 전해지고 있다.

정신은 육체가 수명을 다할 때까지 살아남는다.

어떤 경우에는 육체를 독려해서 물리적 삶을

더 활기 있게 연장시키기까지 한다.

그리고 당신의 젊은 시절과 중년과 장년의 일상적인 휴식마저

커다란 흥분과 역동성으로 채울 방법이 있다.

여기에는 돈조차 들지 않는다.

잉여생산을 온전히 노년을 위해 들이면서도

휴식을 기쁨과 스릴로 채우고

또한 노년을 그에 못지않은 재미로 채울 방법이 있다.

지성의 단련이다.

―――――

8

지성의 이익

중국 한문은 해석자의 재량과 융통성에 많이 의존한다. 주석이 없을 경우에는 한시의 이해는 난감한 정도를 넘어 불가능하다. 물론 대단한 문학적 재능이 있다면 다르겠지만 내 경우에는 한시가 언제나 난감했다. 나는 예술보다는 논리에 좀 더 적성이 맞다. 그렇다 해도 어쨌든 한문은 과학적 언어는 아니다. 심지어 논어와 같은 자못 철학적인 내용조차도 시를 넘어서는 해석의 다양함을 가진다. 이런 언어는 논리적이고 엄밀한 과학에는 안 맞지만 그래도 시에는 그럭저럭 맞는다. 아무튼 한문은 논리학을 닮아 만들어진 언어는 아니다. 대부분의 상형문자처럼.

어느 경우에나 문법적 엄밀성을 갖는 언어가 물론 정교하고 논리적인 언어이다. 그리고 일반적인 생각은 어떨지 모르지만 정교한 언어가 시에 부적절하지도 않다. 내 경험으로는 정교함이 오히려 우아함과 부드러움을 부른다. 나는 물론 메마른 논리에 대해 말하는 것이 아니다. 가뜬하고 간결한 정교함에 대해 말하고 있다. 라틴 계열의 언어가 문법적으로 가장 엄밀하다. 고대 그리스어나 라틴어는 성, 수, 시제, 태, 법 등에 있어 완벽할 정도로 분해되어 있지만 그렇다고 이 언어로 써진 시가 융성하지 않은 것은 아니다. 고대 그리스나 프랑스가 얼마나 탁월한 시인들을 많이 배출했는가?

한문을 사랑하는 사람이야 나와 다르게 생각하겠지만 내게 있어 한문은 그 고유한 비엄밀성 때문에 그렇게 사랑스러운 언어는 아니다. 해석의 상대적인 자유로움이 한시에 상당한 정도의 호쾌함을 부여한다 해도, 한시 해석은 마치 바로크 음악의 통주저음이 상당한 정도로 연주자의 재량에 맡겨지듯이 해석자의 재량과 융통성에 의존하는 것 같다.

사무사思無邪. 무슨 말인가? 사유, 없음, 사악 등이 차례로 나열되었을 뿐이다. 사유에는 본래 사악함이 없다는 말인가? 시제는 어떻게 되는가? 과거 시제인가, 미래 시제인가? 다시 말하면 과거에는 사유에 사악함이 없었지만 현재에는 그렇지 않다는 말인가? 미래에는 사악함이 없어진다는 말인가? 평서문인가 명령문인가? 내가 배운 바로는 이것은 윤리적 정언명제이다. 사유에는 사악함이 없어야 한다는. 나는 그렇게 이해하고 있다. 그러나 이 세 단어에는 어디에도 당위에 해당하는 품사가 없다. 예를 들면 영어의 should 나 be to 혹은 우리말의 '한다' 등의. 선문답도 이런 선문답이 없다. 어떤 사람들은 이 애매함을 심오함이라고 생각하나 보다. 주해를 읽고는 마치 만고의 비밀이나 알게 된 듯이 무릎을 친다. 그러나 심오는 무슨 심오. 단지 애매함만 있을 뿐이다. 경상도 어느 지역의 상투 틀고 사는 중세 마을 사람들과 성균관의 유생들은 펄펄 뛰겠지만.

내 기질은 명석성에의 요구가 크다. 그러니 언어가 재량에 많이 의존한다면 어떤지 좀 불안하다. 재량은 주관적인 것이고 모든 주관은 각자의 경험과 사유의 폭으로 제한되니까. 물론 삶 자체가 그렇게 엄밀한 것도 아니고 또 가장 엄밀하다고 말해지는 수학적이거나 과학적인 체계도 한결같지는 않다. 로바체프스키나 리만에 의해 유클리드 기하학은 순식간에 그 독점적 지위를 잃으니까. 그러나 내가 두려워하는 것은 몰락이 아니라 애매함 속에서 그럭저럭 살아가는 삶이다. 나는 뗏목을 싫어한다. 적당히 젖어 사는 것이 싫다.

'일 년의 이익은 곡식을 심는 것만 한 것이 없고, 십 년의 이익은 나무를 심는 것만 한 것이 없고, 백 년의 이익은 사람을 가르치는 것만 한 것이 없다'고 말한다. 그런데 나는 궁금하다. 누구에게 이익이란 말인가? 곡식과 나무는 알 것 같다. 그것은 행위자가 수익자가 된다. 그러나 사람을 가르치는 일에 이르면 거기의 백 년은 이해가 안 된다. 왜냐하면 교육하는 사람, 교육받는 사람 모두 백 년을 살 수는 없기 때문이다. 교육의 수익자는 누구인가? 공동체 전체를 말하는가? 그렇다면 곡식과 나무에서 얻는 이익은 공동체 전체의 이익을 말하는가? 이 경우에는 좀 이상하다. 곡식이나 나무를 심는 누구도 공동체를 생각하지는 않을 것 같다. 사람은 그렇게 원대하지 않다. 자기 먹고살기에도 바쁘다. 아니면 곡식과 나무의 경우에는 행위자가 직접 수익자가 되고, 교육의 경우에는 국가가 수익자가 되는가?

이것이 아니라면 이 말들은 수익자를 고려함이 없이 단지 생산성에 대해서만 말하고 있는가? 그러니까 백 년을 보고 투자했을 때에는 교육이 생산성이 가장 높다는 식의. 어쨌건 장기적인 관점에서 생산성을 보았을 때 교육의 생산성이 가장 높은 것은 사실이다. 유럽에서 근대 국가로의 이행의 순서는 정확히 문맹률에 반비례하니까. 국민이 무식할 때 국가의 생산성이 떨어지는 것은 사실이다. 무식이 불러오는 비극은 하나 둘이 아니다.

내가 여기서 무식이라 함은 단지 학벌이 없다는 사실을 말하는 것이 아니다. 자기 교육에 대해 말하고 있다. 내가 생각하는 무지는 먼저 자기개선의 의지의 결여를 말한다. 사실 유식과 무식을 가르는 것은 지식의 양이 아니다. 그것은 하나의 태도이다. 실천적 요구와 관련 없이 삶과 세계의 의미에 대한 끊임없는 추구를 해 나갈 때 그것이 내가 생각하는바 지성이다. 이것은 먼저 우리 운명의 형이상학적 고찰에 상당한 정성을 기울일 것을 요구한다. 위장과 생식기에만 관심을 기울인다면, 이것은 당사자가 아무리 화려한 지식을 쌓았다 해도 무식한 짓거리에 지나지 않는다.

이 견지에서 무식한 사람들은 먼저 정치적 지혜가 없다. 도대체 사회적 삶에서 상대편이 있다는 사실을 고려하지 않는다. '전체와 미래'를 보는 눈은 교양의 고취에서 얻어진다. 다시 말하면 지적 훈련이 실천적으로 적용될 때 이해와 양보와 타협이 가능해진다. 상대편을 이기는 것보다 전체가 이익을 얻는 것이 더 중요하다는 지혜가 생겨난다. 그러나 이러한 것이 결여될 경우 정치가는 당파적 이익과 눈앞의 이익에만 입각하여 정치행위를 결정한다. 이제 드잡이질이 벌어진다.

공동체의 자원 낭비는 정치적 갈등 속에서 가장 크게 일어난다. 이 비용증가가 폭발적으로 발생하는 사건이 혁명이다. 정치적 타협이 전혀 이루어지지 않으면 극단적일 경우 공동체는 전제 정치하에서 신음하거나 혁명에 의해 구체제가 전복되거나 둘 중 하나이다. 어느 경우에나 공동체가 겪는 피해는 엄청나게 크다. 어중간하게는 국회가 매번 정지 상태에 들어가고 법안의 발의나 처리는 부지하세월로 미뤄진다. 국회의원들은 타협 없는 퇴장이나 농성의 대가로 세비를 받아간다. 국가 전체가 엄청난 손실을 겪는다. 이 모든 것이 무식의 탓이다.

영국이 가장 먼저 근대 국가로 진입하여 제국을 건설할 수 있었던 동기는 그들에게 정치적 지혜에 있었고 이것은 당시에 영국 시민계급과 귀족들이 상당한 정도로 지성적이었던 덕분이었다. 볼테르가 본바 영국에서는 지붕 수리공도 이미 하원에 대해 말하고 있었다. 무식하고 무교양하면 어리석게도 양보를 모르고 고집불통이 되고 만다. 공동체에는 자기와 동일하게 생존과 번성에의 요구를 가진 상대편이 있다는 사실을 무시한다. 대체로 교양 교육이 안 되어있는 국가에서 단위인구로 따졌을 때 소송 사건이 훨씬 많이 일어난다. 대한민국 인구당 소송비율은 세계적이다. 화해와 타협이 안 되니 무조건 법정으로 간다. 얼마나 많은 비용이 들겠는가? 변호사만 번성한다.

이긴 사람은 의기양양하고 진 사람은 억울해한다. 합리적 판단을 한다거나 자신을 객관적으로 보는 게 불가능한 것이 무교양한 인간들, 즉 지성적이지 못한 인간들의 대견한 개성이다. 소송에 패소한 사람들은 정의가 부정의에 졌다고 생각한다. 도대체 객관적 자기 성찰이란 것이 없고 승복이란 것이 없다. 그래서 자기 자신을 법관으로 만들려고 애쓴다. 평생을 분한 마음으로 산다. 이것이 소위 말하는 한국인 고유의 한恨이란다.

그러니 선거의 후유증이 만만치 않다. 패배자가 패배의 이유를 알 정도로 판단력이 없으니 사회적 비용이 엄청나게 증가하게 된다. 이것은 단지 정치가들만의 문제가 아니다. 그들의 무식과 탐욕이 정치적 비용증가의 원인이라고 그들을 매도한다면 우리 게으름은 우리 손과 발이 원인이라고 말하는 것과 같다. 우리가 게으르니 손과 발이 게을러지듯이 우리가 무식하니 그들도 무식하다. 어느 날 더럽고 무식한 인간성을 가진 정치인이라는 쓰레기들이 하늘에서 갑자기 떨어지거나 쓰레기통이나 하수구에서 갑자기 솟구친 것이 아니다. 그들도 사회의 일원이다. 그들은 우리를 닮았다. 우리가 대로에서 언성을 높이고 싸우듯이, 그들은 여의도의 못생긴 건물 안에서 드잡이질을 한다.

지성은 언제나 인간성의 함양과 포괄적이고 깊이 있는 판단력을 지향한다. 교양 교육이 실천적 효용이 없다고? 그래서 무가치하다고? 어쩌면 우리는 이렇게 말할지 모른다. 아니 말로는 안 드러낼지라도 생각은 이렇게 할지 모른다. 그렇지 않다면 왜 우리는 교양을 증진시키기 위한 노력을 도통 하지 않을까? 영화관에 가거나 TV 앞에 앉아서 보내는 시간은 얼마든지 할애하면서 데이비

드 흄이나 쇼펜하우어 등에 대해서는 이름밖에 모른다. 그러면서 정치가들의 드잡이질을 비판한다? 우리 자신이나 먼저 보살필 노릇이다.

사실 지성의 실천적 효용은 간접적이고 우회적이기 때문에 다른 어떤 직접적인 실천적 효용보다 훨씬 크다. 손으로 물고기를 잡겠다고? 잡기야 하겠지만 그것으론 끼니조차도 잇지 못한다. 그물을 만들어야 한다. 다시 말하면 간접적이고 우회적인 방법을 택해야 한다. 그래야 어부가 될 수 있다.

완전한 사흘의 연휴가 주어졌다. 먼저 늘어지게 쉰다. 그러나 휴식은 반나절이면 충분하다. 나머지 시간은 어떻게 보낼까? 어쨌건 늘어지는 휴식은 TV와 함께했다. 그러나 그 바보상자에 매달려서 무슨 이득이 있는가? 같이 생각 없는 바보가 되는 수밖에는. TV가 가장 많이 하는 일은 판단력과 도덕성을 마비시키는 일이다. 그것은 대뇌피질과 전두엽을 절제해낸다. 방송 관계자들이 배우는 것은 대뇌 절제술이다. 무식하고 무교양한 연예인들이 나와서 모든 시간을 메운다. 거기에다 소파에 비스듬히 누워서 시청을 할 테니 눈이 망가지고 목 디스크에 걸릴 가능성이 커진다. 휴식하면서 몸을 망쳐서야 되겠는가. 다른 일을 찾아보자.

가족과 더불어 놀이동산에 가거나 산이나 계곡으로 간다고 하

자. 매우 좋은 일이다. 돈 버느라고 분골쇄신했으니 이제 가족을 위해서도 분골쇄신해야 한다. 돈 버는 일에 당신의 기력을 탕진했기 때문에 가족을 위해서 정력을 기울이지 못한다면 당신은 무능한 가장이 된다. 현대의 가족은 매우 신성한 것이어서 부양도 해야 하고 같이 시간을 보내줘야 한다. 이렇게 당신 인생이 흘러간다. 이제 아이들은 성장해서 당신의 부양만으로 부족해서 당신의 뼛골까지도 긁어간다. 결혼비용, 전세금 등으로.

남아있는 당신 삶은 무엇일까? 당신 평생의 노력과 헌신에 대한 찬사 속에 노년을 보내게 될 거라고? 천만의 말씀인 건 당신도 알고 나도 안다. 다음 세대는 앞선 세대를 자기네에 대한 채무자로밖에 생각 안 한다. 그들은 천부의 권리로 빚을 갚을 것을 요구한다. 당신의 뼛골은 빚을 갚느라고 탕진되었다. 당신은 당신 유전자의 1/2을 매입한 구매자가 되었고 그 금액은 당신 인생 전체에 걸쳐 상환되었다. 당신의 노역은 당신을 위해 저축된 것이 아니라 단지 빚을 갚기 위한 것이었다. 종種을 위해 당신이라는 개체를 희생했다.

당신은 연금에 가입되어 있고 또 어느 경우에는 보험도 든다. 모든 돈을 빚의 상환에만 들이지 않고 그나마 당신의 늙은 몸을 위해서도 남겨두었다면 당신은 유능하고 영리한 사람이다. 현재의 향락을 희생시켜서 노년의 대비를 했다. 노숙자의 신세는 면하게 되었다. 이제 시간을 보낼 일이 남는다. 그 남아도는 시간을 어떻게 할까? 무위도식처럼 어려운 일은 없다. 그것은 정신적 죽음이다. 그러나 늦었다. 먼저 정신이 죽은 채로 살다가 마침내 육체가 정신을 따르면 한 개체의 소멸이다. 이것은 지상에서 매 순간 발생하고 있는 아주 흔한 일이다.

만약 한 가지 대안이 있다면 믿겠는가? 비밀이 있다. 당신에게만 알려주겠다. 정신이 먼저 죽지 않을 방법이 비밀리에 전해지고 있다. 정신은 육체가 수명을 다할 때까지 살아남는다. 어떤 경우에는 육체를 독려해서 물리적 삶을 더 활기 있게 연장시키기까지 한다. 그리고 당신의 젊은 시절과 중년과 장년의 일상적인 휴식마저 커다란 흥분과 역동성으로 채울 방법이 있다. 여기에는 돈조차 들지 않는다. 잉여생산을 온전히 노년을 위해 들이면서도 휴식을 기쁨과 스릴로 채우고 또한 노년을 그에 못지않은 재미로 채울 방법이 있다.

지성의 단련이다. 혹시라도 처세술에 관한 책이나 주식이나 부동산에 관한 책을 읽으며 지성을 단련한다고는 생각하지 말아야 한다. 진정한 지성은 언제나 눈앞의 실천적 요구와는 분리되어 있다. 이를테면 철학이나 예술이나 순수과학 등이 지성과 관련된다. 다른 말로 하자면 교양의 습득이 곧 지성이다. 어떤 사람은 묻는다. 실천적 요구에 부응하지 못하면 쓸모없는 것 아니냐고. 그러나 여기에서 '쓸모'에 부여하는 의미부터 정해야 한다. 당신은 쓸모를 물질적 풍요와 육체적 안락에 봉사하는 어떤 것으로 정의 하는가? 묻겠다. 당신의 모든 시간은 오로지 경제적 생산성에만 투여되는가? 물론 그렇지 않다. 당신도 휴식을 위한 취미가 있다. 술을 마신다거나, 낚시를 한다거나, 영화를 본다거나, 운동을 한 다거나. 이 모든 것이 쓸모없는가? 그렇다면 교양도 쓸모없다. 그 러나 당신이 휴식과 여가와 취미생활도 필요하다고 한다면, 다시 말하면 휴식을 위한 도락도 쓸모 있다고 한다면 교양의 습득과 지 성의 함양은 대단히 쓸모 있는 것이다.

만약 당신이 세포생물학에 관한 공부를 하겠다고 작정했다고 하자. 당신은 세포생물학 교과서를 읽어나간다. 그러고는 곧 벽에 부딪힌다. 기초 생물학과 기초 화학을 이해해야 한다. 오래전에 이별했다고 믿은 고등학교 생물 교과서부터 다시 시작해야 한다. 어차피 쓸 수 있는 시간은 많다. 일주일에 적어도 열 시간 이상은 거기에 매달릴 수 있다. 당신은 시험이나 자격증을 위해 세포생물 학을 공부하고 있지는 않다. 생명현상의 매우 작은 단위가 어떻게 구성되어 있고 어떻게 작동되는가에 대한 순수한 호기심의 충족 외에 다른 목적은 없다. 이것은 결코 따분하고 힘든 과정은 아니 다. 여유를 가지고 생각하고 외우면 된다. 마치 여행을 떠나듯이.

여기에는 커다란 즐거움이 있다. 인식의 즐거움은 생각처럼 보잘것없지 않다. 아마도 그 세계는 어떤 스릴러보다도 더 박진감 넘치는 세계이다. 생명의 숨결이 신비롭게 작동하고 있다. 당신은 그저 알기 위해 알려고 애쓸 뿐이다. 생화학자나 의사가 되기 위해 세포생물학을 공부하고 있지는 않다. 단지 도락으로써이다.

나는 다른 종류로 철학을 추천해 보겠다. 여기는 어려운 영역이다. 당신의 이해력이 시험받는다. 어쩌면 심지어는 수년의 시간을 혼란과 몰이해의 세계에서 헤매게 된다. 그러나 뜻이 있으면 길이 있다. 어느 순간 조금씩 이해의 단서가 생긴다. 이제 평생을 추구할 만한 취미가 생겼다. 이천오백 년의 유구한 역사를 지닌 이 분야는 수많은 저서를 갖고 있다. 여기에 끝은 없다. 그러므로 이제 삶이 따분함 속에 잠길 일은 없다.

만약 교양의 깊이뿐 아니라 폭도 고려한다면, 그리고 지적인 영역 이외에 감성적 감동의 경험도 갖고 싶다면 음악이나 미술이나 문학적 취미도 매우 좋은 분야이다. 예술이 저절로 감상되지는 않는다. 삭힌 홍어의 맛은 어떤 경우 수년의 경험 끝에 그 진가를 알게 된다. 하물며 바흐나 렘브란트가 그렇게 쉽게 감상되지는 는다. 상당한 정도의 심미적 훈련이 요구된다. 그러나 지성과 심미안을 위한 따분한 훈련의 과정은 엄청난 보상을 한다. 나는 지금도 모차르트의 29번 교향곡의 첫 악장을 들을 때면 삶이 내게 주었던, 그리고 현재도 주고 있는 무의미와 고달픔을 모두 잊게 되고 그것이 영위할 만한 값어치가 있는 것이라고 느낀다. 교양의 역사는 수천 년이고, 인류의 가장 뛰어난 천재들이 그 분야의 융성을 위해 정진했다. 그러니 그곳에는 얼마나 많은 재화가 쌓여 있겠는가!

교양의 습득이 주는 이러한 이점 외에 다른 부가적인, 그러나 결코 덜 중요하지 않은 이점이 있다. 물질적 존재 자체가 비용이다. 그리고 취미나 도락에 들이는 비용은 매우 크다. 단 며칠의 여행에도 상당한 비용이 든다. 더구나 해외여행은 재정에 심각한 영향을 미친다. 친구들과의 술자리도 거듭될 때에는 만만치 않은 돈이 든다.

교양 습득은 이를테면 정신적 여행이다. 여기에는 거의 비용이 들지 않는다. 지금 당신의 여가를 보낼 예정된 도락이 없다면 내가 권하는바 아나톨 프랑스나 프랑수아 모리아크의 책을 한 권 주문하라. 그리고 조심스럽게 첫 장을 읽어나가기 시작하라. 갑자기 주위가 조용해지고 오로지 머릿속에서 인간 영혼의 활동과 그 다채로움이 주는 즐거움이 춤추게 될 것이다. 여행이나 술자리의 즐거움을 어떻게 여기에 비교하겠는가. 아니라면 카이사르의 '갈리아 전기'나 헤로도토스의 '역사'도 좋다. 카이사르의 초연하고 강인한 책임감과 분투가 넓은 고대의 유럽을 물들이며 개시되고, 헤로도토스의 고대 세계에 대한 여러 흥미로운 이야기와 거대한 제국에 대항하는 작은 나라 사람들의 용기와 의연함이 묘사된다. 당신은 역사의 증인이고 세계의 여행자이다. 단 몇만 원의 비용만으로.

간단한 오디오 시스템에는 큰돈이 들지 않는다. 첫 번째 디스크를 고르며 당신은 첫 번째 모험을 하게 된다. 쉽게 감상할 수 있을까, 내게 단지 무의미하고 따분한 음의 배열 이외에 다른 어떤 것은 아니지 않을까 하는 우려 등등. 절대로 한꺼번에 많은 디스크를 사면 안 된다. 먼저 잘 알려진 곡의 리스트를 작성하고 일주일에 하나씩 들어가면 된다. 고전음악의 이점은 상대적으로 여러 번 들어도 덜 따분하다는 데에 있다. 그러니 일주일 내내 같은 음악을 들어도 충분히 즐겁다. 여기에는 도대체 과도한 소비란 없다.

젊은 시절에 이렇게 심미적 안목을 키워나가고 순수학문을 통해 지성을 훈련시켜나가면 별도의 노후대책이 필요 없다. 공원 벤치에 하릴없이 앉아 온갖 궁상을 떨며 자신을 초라하게 만들지 않아도 되고, 친구들과 만나 그들 자식과 손주들의 터무니없는 자랑으로 당신 스스로를 질투와 분노에 떨게 만들지 않을 수 있다. 삶의 의의 중 가장 커다란 하나는 자신의 행불행을 스스로의 손아귀 안에 쥐는 것이다. 운명이 주는 불운이야 어쩔 수 없다 해도 자기 단련의 소홀로 생기는 불행은 막을 수 있다. 이것은 외재적 행복의 추구에 의해 획득되지 않는다. 내재적 만족에 의해 획득된다.

　세월이 저절로 우리에게 무엇인가를 보태주지는 않는다. '늙어 바보는 진짜 바보'라는 속담은 노년의 삶에 대한 날카로운 통찰을 담고 있다. 많은 사람에게 있어 세월은 지혜를 증진시켜 주기는커녕 편협과 독선과 고집과 분노를 증가시킨다. 이렇게 늙고 싶은가? 아니면 이해와 관용과 지혜가 노년을 물들이기를 바라지 않는가? 이것은 끝없는 자기반성과 지성의 도야에 의해 가능하다. 또한 노년의 삶은 의연한 것이어야 한다. 구원의 호소 없이 살아야 한다. 노년이란 먼저 세상에 대한 물질적 공헌이 끝났음을 의미한다. 우리의 물질적 삶은 조출함 속에서 시들어간다. 노년이 사회에 해줄 수 있는 것은 없다. 단지 사회와 젊은 사람들에게 누를 끼치지 않고 조용히 사라지는 것이 늙은이에게 남은 역할이다. 그러니 사회에 무엇인가를 바라서는 안 된다. 늙고 병든 몸이야 어쩔 수 없이 사회에 의탁한다 해도 자신의 삶에 주는 물질적 향락으로 사회에 짐을 지워서는 안 된다. 자기 삶을 지탱하기조차 힘든 젊은 사람들에게 얼마나 많은 짐을 얹어주려 하는가. 그들은 과거에 매이기보다 미래를 향해야 한다. 노인에게보다는 그들의 자식에게 잘해야 한다. 미래에 더 많은 가치를 두어야만 문명이 가능하다.

　내재적인 삶은 사회에 대한 요구를 최소한으로 줄인다. 삶의 의미와 가치를 정신적인 곳에 두고 행복과 향락을 거기에서 얻어내니 사회에 무슨 물질적 요구를 하겠는가? 그리고 그것은 관용과 지혜와 이해심을 증진시킨다. 자애롭고 관대한 노인, 역지사지와 통찰력 있는 노인은 세월이 만들지 않는다. 그것은 스스로의 도야에 의해서만 가능하다.

자, 지성이 주는 이득을 인정하겠는가? 어떤 사업도 어떤 투자도 지성의 도야에서 얻는 이익을 줄 수는 없다. 아주 작은 비용과 수고만으로 평생의 도락과 열기가 지속된다. 거기에다 끝없이 이어지는 지겨운 노년도 짧고 박진감 넘치는 세월로 만들어준다. 어디에 이와 같은 것이 있는가?

물론 나는 지성이 배타적인 가치를 지닌다고 말하고 있지는 않다. 나는 균형에 대해 말하고 있다. 먹고 살기 위한 노력에 지적 추구를 더하기를 요구할 뿐이다. 그러므로 지성과 교양에 지나치게 배타적인 의미를 부여하지 말자. 모든 선험적 관념이 붕괴된 시대, 어디에도 보편과 필연은 없는 우리 시대에 어디에 보편적인 정신적 가치의 필연성을 주장할 근거가 있겠는가? 실증적 이익에 기초하지 않는 한 어떤 것도 자신의 가치를 주장할 수 없다. 그러나 거기에 어떤 선험적이고 필연적인 의미가 결여되어있다고 해서 거기에 어떤 즐거움이 없는 것은 아니다. 친구와의 몇 차례 바둑만으로도 삶은 얼마나 더 재미있는 것이 되는가? 지성의 의미는 여기에 있다. 다시 말하지만, 지성은 실증적 이익을 위해 봉사하지 않는다. 실증적 이익은 지식과 기술과 관련된다. 지성은 단지 유희로서 가치 있다. 간단한 퍼즐이 아니라 삶과 우주라는 거대하고 한결 복잡한 퍼즐에 대한 관심이 곧 지성이다. 답을 얻어내기 어려운 이 퍼즐은 그렇기 때문에 무한한 탐구의 여지가 있다.

그런데 지성에 실천적인 효용의 가능성조차도 있다면 이것은 놀라운 사실이다. 내 견해로는 있다. 단지 우회로를 돌 뿐이다. 지성은 유식이 아니라 유능성을, 현재의 재화 획득이 아니라 미래의 재화에 대한 가능성을 가진다. 오로지 실천적 계기만을 위해 애쓰는 사람들은 물론 거기에서 상당한 성공을 이룰 것이다. 그러나 삶의 패러다임이 바뀌는 순간 이런 인생은 속수무책이 된다. 이들은 이를테면 맞춤식 시험공부를 하는 사람들이다. 이 경우 문제가 예기치 않은 경향으로 출제될 때에는 경쟁에서 이길 수 없다.

하나의 예를 들자. 일본처럼 실천적 계기에 주로 전념하는 국가도 없다. 일본 사람들은 매우 현세적이고 동시에 물질주의적이어서 실증적 효용에 높은 가치를 부여한다. 그들은 모든 것을 희생해서 서구의 산업화를 따라잡았다. 오로지 장인정신 — 오타쿠 정신이라고 하던가? — 으로 철저히 모방했고 그것을 정련시켜나갔다. 그들처럼 열심히 사는 사람들도 없었고 그들처럼 고지식하게 실천적 계기에 성실한 사람도 없었다. 그러나 거기까지였다. 미국이 주도하여 산업에 새로운 패러다임이 도입되었다. 디지털의 시대가 왔다.

일본은 이 전환에서 상대적으로 무능하다. 오로지 아날로그 맞춤식 기량만을 닦았으니 새로운 패러다임에 적용할 유능성과 창조력이 부족하다. 그들은 기존 산업의 전문가였으나 새로운 전환에 대처할 수 있는 유연성이 없었다. 그들은 유식했으나 유능하지 않았다. 이것이 일본의 후퇴의 근원적인 동기이다. 일본은 새롭게 오타쿠 정신을 발휘해서 디지털의 전문가가 될 것이다. 그러나 그때쯤에는 또 패러다임이 변할 터이다.

지성적이 된다고 하는 것은 내적 잠재력을 키우는 것이다. 이를테면 삶의 기초체력을 키우는 것이다. 기술이 물론 중요하다. 그러나 기초체력 없는 기술은 사상누각이다. 지성적인 사람들은 삶에 보험을 든 것과 같다. 언제라도 어디에도 대응할 수 있다. 이러한 사람이 이를테면 큰 사람이다.

지성과 교양이 생존경쟁을 유리하게 이끈다. 물론 이것은 실천적 계기에 있어 대등하게 성실할 때 그렇다는 것이다. 아무리 높은 수준의 교양수준을 갖추고 있어도 실천적 일에 무능하거나 불성실하면 생존 경쟁에서 낙오된다. 인문적 소양을 갖춘 사람들이 왕왕 생존경쟁에서 뒤처지는 이유는 박진감 넘치는 지성의 세계에 물든 나머지 일상적인 일들을 따분한 것으로 받아들이기 때문이다. 그러나 인문적 지성이 미덕이라면 실천적 성실성은 의무이다. 누구라도 의무를 다하고 미덕을 갖추어야 한다. 모든 도락은 먹고살 준비를 한 다음이다.

오로지 실천적 계기에만 매몰되는 것도 바람직하지 않고, 실천적 계기를 소홀히 하여 교양에만 매달리는 것도 문제가 된다. 조화와 중용이 언제나 바람직하다. 그러나 대등한 실천적 역량이 있을 때 지성은 장기적 관점에서 생존경쟁을 유리하게 이끈다. 지성적 남성이 여성의 호감을 끄는 이유는 여기에 있다. 남녀 간의 성적 이끌림은 종을 위한 봉사자가 되기 위한 것이다. 매혹적으로 느껴지는 상대편은 당사자의 유전인자를 번성하게 만들 나머지 반쪽이기 때문이다. 즉 어떤 여성인가가 어떤 남성에게 매혹된다면 그것은 그녀의 유전인자가 그의 유전인자와 결합하여 생존경쟁에 유리한 후손을 낳을 것이라는 직관이 들기 때문이다.

남성의 실천적 성실성은 개체로서의 여성을 위해 봉사한다. 그리고 그의 지성은 여성이 존속시킬 종을 위해 봉사한다. 만약 어떤 여성인가가 사랑과 결혼에 있어 실천적 계기보다 지성에 입각한 결단을 한다면 그 여성은 고귀한 사람이다. 왜냐하면 그녀는 개체로서의 자신보다는 자기가 속한 종을 위해 그 사람을 택한 것이다. 이것은 나쁘게 말하면 무모함이고 좋게 말하면 용기와 순수이다. 그 반대의 선택을 한 경우, 즉 남성의 지성이나 교양보다는 실천적 역량, 다시 말하면 돈 버는 능력에 입각한 선택을 한 경우에는 그 당사자가 심심치 않게 도덕적 비난을 얻어듣는다. 그녀는 자기밖에 생각 안 하는 이기적인 여성이라고 치부된다.

여기에는 가치의 문제가 대두된다. 어느 쪽이 가치 있는 여성일까? 그러나 가치의 문제가 게재될 경우 언제나 판단이 어렵듯이 이 문제에서도 판단이 어렵다. 선택은 자유이다. 공동체는 전체와 미래를 위한 선택을 바람직한 것으로 권유한다. 그러나 개인은 자기의 운명도 공동체의 운명이나 공동체의 미래에 못지않게 중요한 것으로 간주한다. 대부분의 여성이 배우자의 첫 번째 요건으로 경제력을 꼽는다. 누구나 자기보존과 자기융성의 요구를 지니고 있고 종을 위한 자기희생의 두려운 측면을 인식하고 있다. 자기만을 위한 선택을 했다고 누구를 매도할 수는 없다. 그 사람의 심정도 오죽하겠는가? 단지 가난이 너무 두렵고 안정과 사치에 대한 욕망이 너무 커서 자신의 성적 요구를 별로 내키지 않은 쪽으로 이행시켰는데.

물론 극단적인 경우만 있지는 않다. 적당히 매력 있고, 적당히 경제력 있는 이성이라면 언제라도 좋다. 많은 결합은 이에 준한다. 극단적인 경우가 언제나 구설수에 오른다. 경제력은 전혀 없다시피 하면서 인문적 교양에만 매달리는 이성이나 그와는 반대로 지성이나 교양은 없다시피 하면서 돈만 있는 경우. 전자를 선택하면 어리석음이라는 비난과 우려에 처하고 후자를 택하면 야비함이라는 평가에 처한다.

그러므로 지성이 이성에게 주는 매력이 합리적인 것이 되기 위해서는 대등한 실천적 역량이 있을 경우이다. 많은 여성이 심지어는 실천적 무능에도 불구하고 지성을 택한다. 어느 별이 그녀들의 운명을 그렇게 결정지었는지 모르지만 많은 여성들이 '빛나는 별이여, 나도 그대처럼 확고하게 되고 싶어라'라고 마음먹고는 돈을 포기하고 지성을 택한다. 문학을 비롯한 기타 다른 예술에서 나타나는 애처로운 여성상은 대체로 이러한 여성들이다.

지성이 주는 이득은 그러므로 이성에의 호소에서 명백히 드러난다. 각각의 개체는 이상적인 이성의 선택에 있어 나름의 기준을 가진다. 어떤 여성은 선량함에 가장 높은 가치를 두고, 어떤 여성은 건장함에 높은 가치를 두고, 어떤 여성은 지성에 높은 가치를 두고, 어떤 여성은 경제력에 높은 가치를 둔다. 말한 바와 같이 경제력은 개체를 위해 봉사한다. 그리고 나머지들은 종을 위해 봉사한다. 각 개체가 생존경쟁을 유리하게 이끌고 좀 더 나은 개체를 얻기 위한 기준을 어디에다 두느냐 하는 것은 이처럼 다양하다. 선량함 역시도 어떤 견지에서는 생존경쟁을 유리하게 이끈다.

선량한 사람은 다른 사람의 질투를 유발하지 않고 호의적인 평가를 유도하기 때문에 다른 개체들의 협조를 더 많이 받게 된다. 물론 선량하지 않은 개체가 왕왕 번성한다. 그러나 그것은 단기적인 것이고 상대적으로 소수의 경우이다. 보편적으로 봐서 그리고 장기적으로는 선량한 개체가 유리하다. 어떤 여성은 육체적 강건함이 생존경쟁을 위한 첫 번째 조건이라고 생각한다. 즉 다른 여러 조건 중 그것이 가장 중요한 것이라고 본다. 아마도 육체노동이나 물리적 전쟁이 삶의 양식이라면 이것이 가장 중요하겠다.

지성을 선택의 기준으로 삼는 여성은 지성에 가장 높은 생존경쟁의 가능성을 부여할 뿐 아니라 스스로가 지성적인 경우가 많다. 이러한 여성들은 현재가 아니라 미래를 살고, 지금의 은화보다 미래의 금화의 가능성을 더 높이 평가한다. 왕왕 지성을 삶의 가장 중요한 요소로 생각하는 사람들은 스스로가 삶에 무상성을 부여한다고 믿는다. 그렇지 않다. 신만이 삶에 무상성을 부여한다. 지상의 생명은 결국은 대가를 기대한다. 무상적 보시 역시도 불쌍한 사람에 자신을 대입시키는 것이다. 이것이 감정이입이다. 지성에 대한 관심 역시 하나의 투자이다. 단지 그것은 매우 막연한 투자이고 회수기간 — 회수가 가능하다면 — 이 매우 긴 투자이다. 우리가 근시안적인 사람에게서 마땅치 않은 느낌을 갖는 이유는 그 사람의 행위는 언제나 전적으로 자기 개체만을 위한 것이기 때문이다. 그러나 지성에의 관심은 먼 훗날의 보다 많은 사람에게 그 혜택이 돌아갈 일말의 가능성을 가진다. 그러므로 사회 대부분의 구성원들은 — 당사자의 가족만 제외하고는 — 지성의 추구에 찬사를 보낸다. 그 시도가 유효한 것으로 드러난다면 결국 자신이나 자신의 후손도 혜택을 본다.

인간이라는 종의 가능성은 사실 여기에 입각하여 전개되어 왔다. 인간의 본질은 설계도를 만든다는 데 있다. 설계도는 미래를 현재에 투사하는 것이다. 즉 그것은 미래를 위한 현재의 삶이다. 많은 동물들이 미래를 위한 대비를 한다. 그러나 동물들의 미래 계획과 인간의 미래 계획은 전적으로 다르다. 본능은 의식의 결여로 인해 포괄적이고 전면적일 수 없다. 그러나 인간의 설계도는 매우 의식적이며 계획적인 것이다. 인간의 미래 지향적 운명의 가장 포괄적이고 궁극적인 형태가 곧 지성이다. 지성은 실천적으로는 미래를 위한 현재의 희생이다. 지성이란 곧 꿈인 것이다.

선택의 기준으로 지성에 보다 높은 비중을 놓는 여성들이 좀 더 고결한 동기는 여기에 있다. 즉 개체만을 위해 살기보다는 전체를 위해서도 살고, 현재만을 살기보다는 미래에도 살기 때문이다. 우리가 어떤 여성을 후덕하고 지혜롭다고 말할 때에는 그녀에게서 이러한 성향을 발견하기 때문이다. 사실 자연에 의해 동일한 미적 혜택을 받았다고 할 때 지성을 지향하는 여성들이 한결 더 아름다울 뿐만 아니라 한결 더 오래 젊음을 유지한다. 내면과 외모는 진정한 의미에서 보자면 분리되어 있지 않다. 대체로 지성을 추구하는 여성들이 — 만약 그 추구가 진정한 것이라면 — 더욱 아름답고 또 나이에 비해 젊다. 물론 우리의 미적 인식에는 취향 차이가 있다. 덕분에 천하고 얄팍한 여성들이 대중문화를 주름잡는다. 많은 사람들이 진정한 미에 대한 감식안이 없다. 그러나 내면은 언제나 밖으로 스며 나온다. 개체만을 위해 사는 여성들은 주로 외모만을 가꾼다. 가꿀 내면이 없기 때문이다. 이러한 여성들의 아름다움이란 얄팍한 것이고 짧은 것이다. 안목이 있는 남자라면 여기에서 진정한 여성적 미를 발견하지는 않는다. 그 아름다움은 도금해놓은 살가죽이고 회칠해 놓은 시멘트벽에 지나지 않는다.

　이 글을 읽는 어떤 여성들이 분노할까? 그럴 일은 없겠다. 첫째로 얼굴에 금박을 쓴 여성들은 이런 글 안 읽는다. 그녀들이 읽는 것은 기껏해야 미용실이나 병원의 대기실에 비치한 잡지의 가십거리뿐이다. 설사 읽는다고 해도 분노하지 않는다. 모든 사람이 합리화와 기만 속에 살듯이 그녀들도 자신이야말로 개체보다 전체를 위한 선택을 했다고 자신을 기만할 터이다. 냉정하고 야비하기 짝이 없어 돈에만 혈안이 된 남편일지라도 그가 돈만 잘 번다면, 그리고 자기에게 후하다면 그녀 눈에는 동시에 매우 지성적인 사람으로 보인다. 미스매치는 생각처럼 많지 않다. 나방은 수 킬로 밖에서도 자기 짝을 찾는다. 하물며 널려있는 쓰레기들 사이에서 자기 짝을 찾기는 매우 쉽다. 그러므로 비슷한 남녀가 결합한다. 생물적 눈은 자신을 못 보게 되어 있다. 오로지 밖을 본다. 내면을 보는 것은 마음의 눈이다. 그러나 이런 사람들은 육체적 눈을 달고 있을지 몰라도 마음의 눈은 애초에 부재한다. 그러니 자기 얼굴의 쓰레기는 절대 볼 수 없다. 하긴 그 덕분에 모두가 잘난 줄 알고 살 수 있지만.

우리 얘기로 돌아가도록 하자. 지성이란 '지성을 구하는 행위'이지 어떤 양적인 정보의 축적이나 기지의 판단력의 수집이 아니다. 그러므로 지금은 여태까지의 기회와 노력의 결여로 그 상태에 있어서 별로 지적이지 않다고 해도 지성을 구하는 염원을 가지고 있다면 그 사람은 지성적인 사람이다. 다시 말하면 '지성적'이라는 것은 지성에 높은 가치를 부여하고 항상 교양 있는 사람이 되려는 사실에 있다. 지성은 정보의 양이나 학위의 문제가 아니다. 지성에 끝은 없다. 지성적 고투 끝에 결국 궁극적으로 알게 되는 것은 무엇을 모르는가이다. 그러므로 지성을 추구하는 모든 사람은 누구라도 과정상에 있게 된다. 많은 학식, 혹은 더 한심하게는 많은 학위가 자신의 지성을 보증한다는 자부심이 역겹고 어리석은 오만인 이유는 여기에 있다. 노력하는 사람은 어느 단계에 있건 지성적인 사람이고 게으르고 자족적인 사람은 그 사람이 어느 단계에 있건 어리석은 사람이다. 그러므로 무지를 부끄러워하기보다는 게으름을 부끄럽게 여겨야 할 노릇이다.

승부는 자연이 부여한 운에 의해서만 결정되지 않는다. 겸허 가운데에 지성을 추구하는 여성은 세월에 의해 그 아름다움에 무엇인가를 보탠다. 이 격차는 세월에 의해 더욱 벌어진다. 주의해야 할 측면이 있다. 많은 사람들이 지적 추구를 허식적 토대 위에 놓는다. 지성은 결국 우리 존재의의에 대한 탐구이다. 다시 말하면 우주와 마주 선 운명에 처한 우리 존재의 조건 및 이유와 방법에 대한 질문과 나름의 답변이다. 그러나 지적 추구의 이러한 본질적인 요소에 집중하기보다는 자신이 지성에 대한 관심을 지니고 있다는 사실에 좀 더 만족한다면, 즉 우주와 마주서기보다는 자기 허영과 마주 설 경우에 이것은 허식과 허영으로서의 지성이다. 지성에 대한 이러한 태도는 차라리 어떤 지적 노력을 하지 않음만도 못하다. 왜냐하면 이러한 자기기만으로는 지성에 있어 어떠한 성취도 없다. 그러면서 오만과 자부심만 키운다. 지성은 언제나 자기 자신이 된다는 것을 전제한다.

사회적으로 상당히 지적이라고 간주되는 직업에 종사하면서 그 눈매에 관용과 영리함의 반짝이는 아름다움을 담고 있지 않은 여성이라면 둘 중 하나이다. 위에서 말한 바와 같이 자부심만 키우는 허식적 지성인이거나 아니면 스스로에 만족하여 지적 추구에 있어 현재 게으른 사람이거나. 반대로 종사하는 일이 그 사회적 평가에 있어 아무리 보잘것없다 할지라도 당사자가 지성에 높은 가치를 부여하고 또 스스로가 교양을 갖추기 위해 나름대로 애쓴다면 확실히 더 아름다운 모습을 보인다. 노력하는 청소부가 태만한 교수보다 더 아름답고 더 가치 있는 이유는 여기에 있다.

그러므로 지성이 주는 이익은 외모의 깊이 있는 아름다움의 고양에도 있다. 그러나 지성의 이익은 여성에게만 있는 것은 아니다. 지성과 교양을 추구하는 남자는 지성에 가치를 두는 여성의 호의적 평가를 받는다. 이것은 이중의 이익이다. 하나는 여성들에게 인기를 얻을 가능성이 더 크다는 점에 있어서고 다른 하나는 그러한 남자를 선택하는 여자 역시 가치 있기 때문이다. 다시 말하면 '가치 있는 여성의 호의'라는 혜택을 입는다. 호의가 항상 좋은 것은 아니다. 쓰레기로부터 오는 호의는 없는 편이 낫다. 자신도 쓰레기에 물들기밖에 무슨 보탬이 되겠는가. 스스로가 지성에 높은 가치를 부여하지 않는 여성은 실천적 유능성이나 신체적 건장함에 끌릴지라도 지성적인 남자에게 끌리지는 않는다. 이것은 다행이다. 이런 류의 여성에게는 호의를 얻지 못하는 편이 낫다. 무가치한 여성이기 때문이다.

여기에 보태어 다른 하나의 큰 이익이 있다. 지성은 내재적 가치이다. 그것은 만일 그것이 진정한 것이라면 남에게 보여주기 위한 것은 아니다. 어떤 여성인가가 지적인 남성에게 매혹되었다면 그것은 그 남자의 내면적 가치에 반한 것이다. 모든 것이 시간과 더불어 몰락한다. 아름다움도 건강함도 생기도 소멸한다. 그러나 시간조차도 지적 추구를 파괴하지는 못한다. 모든 것은 성장과 몰락을 겪는다. 지적 추구만이 예외이다. 지성은 죽는 그날까지도 성장할 수 있다. 그러므로 지성을 추구하는 남자는 ─ 그 지성이 진정한 종류라면 ─ 죽는 그날까지도 존경과 사랑의 대상이다. 지성은 영혼과 정신의 문제이고 내면적 문제이다. 젊음의 아름다움은 외면적인 것이고 가능태에 속한 것이다. 노년의 아름다움은 내재적인 것이고 현실태에 속한 것이다.

지성이 주는 또 다른 이익을 살펴보기로 하자. 노년과 죽음은 대부분의 사람들에게 불안이며 공포이다. 이 불안이 종교의 동기이다. 그러나 종교적 어둠에 머리를 묻지 않겠다는 결의를 가진 사람들, 즉 계속해서 실존적 용기와 함께하는 장엄한 투쟁을 하겠다고 마음먹은 사람들은 계속된 지성의 추구에 의해 구원 ─ 영혼의 불멸 등의 비실증적 구원이 아닌 실제적 삶에 있어서의 구원 ─ 을 얻을 수 있다. 이러한 투쟁만이 인간에게 고결성과 자부심을 부여할 수 있다. 왜 우리가 우리 운명과 우리 영혼과 관련하여 본 적도 만진 적도 없는 우리 위의 권위에 우리를 내맡겨야 하는가? 왜 우리가 그것을 존중해야 하는가? 초자연적인 어떤 대상에 자기를 내맡긴 사람들은 그렇지 않은 사람들에게 오만하다고 말한다. 이 사람들의 주장대로라면 굴종이 곧 겸허가 된다. 굴종과 권위에 대한 존중은 같은 것이 아니다. 권위는 근거 있는 권력이거나 지식이다. 그러나 굴종의 대상은 근거가 없다. 무엇을 믿는다는 것은 전적으로 취향과 선택의 문제이다. 초자연적 힘을 믿지 않는다는 것은 실증적 권위가 아닌 것에 굴종하지 않겠다는 결의이다. 실증적이지 않은 권력이 곧 독단이다. 이것이 다다이스트들이 말한 '목록화된 범주cataloqued categories'이다.

철학적 인식론은 결국 우리 지식의 필연성 혹은 선험성에 부여하는 우리 신뢰의 근거에 대한 지적 체계이다. 우리 지식의 보편성에 근거 없는 신뢰를 보낼 때 독단은 시작된다. 더구나 그 지식이 초자연적 존재에까지 미칠 때 독단은 절정에 이른다. 인류가 독단을 거부하는 용기를 보였을 때 자유와 절망은 동시에 우리 운명에 닥쳐들었고 우리 삶은 불안과 동요 위에 기초하게 되었다. 이것이 르네상스부터 계속되어온 인본주의적 전통이다.

초자연적 권위에 대한 믿음이 인본주의자들에게 굴종이 된 것은 이 순간부터이다. 우리는 선택해야 한다. 우리 자신의 절망적 운명을 수용하던지 신을 신뢰하던지. 이러한 기로에서 자기 자신의 인식 역량의 한계를 삶의 한계로 설정하는 사람들이 오만한 사람들인가? 아는 것을 아는 것으로 받아들이고, 모르는 것을 모르는 것으로 받아들일 때 오만이 되는가? 자기 인식 역량이 미치지 않는 곳에 뛰어들기를 거부하는 것이 오만인가?

어둠 속에서 타협적이고 기만적인 평온함에 자신을 내맡기기보다는 빛 속에서 선명하고 용기 있는 절망을 선택하는 것이 인본주의자의 삶이다. 이것이 자유의 대가이다. 인간의 가치는 자유를 기초로 한다. 이때 지성이 절망을 대체하지는 못한다. 무엇도 삶이 주는 무의미와 덧없음을 대체하지 못한다. 그러나 지적 통찰을 추구하고 있는 자기 자신은 절망을 이긴다. 즉 절망을 이기는 것은 존재론적 희망이 아니라 희망을 향해 노력하고 있는 이 순간이다. 이것이 진정한 지성이다.

그러므로 지성이 주는 이익이 가장 궁극적인 것이 되는 순간은 그 추구가 삶의 불안과 소멸의 공포를 대체해줄 때이다. 죽는 그 순간까지도 우리가 우리 인식을 확장시키려 애쓰고 삶과 죽음이 지니는 의미 혹은 무의미를 탐구하려 애쓸 때 우리는 많은 것을 극복할 수 있다. 이때 죽음은 없고 죽어가는 나만 있게 된다. 인간이 가진 고결성이 가장 빛나는 것은 굴종을 거부하고 자유 가운데에 살고 인식 가운데 죽을 때이다. 우리가 가치와 고결성을 얻는 것, 즉 인간으로서의 품격을 지니는 것은 성취에 의해서가 아니라 분투하고 있는 우리 자신에 의해서이다. 이때 무의미와 덧없음, 그리고 궁극적으로는 죽음조차도 극복된다. 우리는 물리적으로 소멸된다. 그러나 소멸되는 그 순간까지도 우리는 소멸에 승복하지 않는다. 우리가 승인하지 않는 한 거기에 죽음은 없다. 이것이 지성이 주는 여러 이익 중 가장 궁극적인 것이다.

One Man's Dog

————

우리의 사막에도 가끔씩 오아시스가 있다면

그것으로 좋았다.

메마른 시절 가운데 가까스로 존재했던 촉촉함.

스미듯이 우리를 물들였던 안도감.

기억 속의 오아시스는 화려하고

사치스러운 곳은 아니었다.

힘겹게 걷다가 잠시 쉬었던 장소가

보물이 숨겨진 곳이었다.

추억 속의 창고.

우리 젊은 날의 재화의 창고.

힘든 나날 가운데 가까스로 흥겨울 수 있었던 조촐한 샘물.

평범하고 소박하게 빛났던 그 샘물.

흔했지만 우아했던 이야기들.

————

9

친구의 죽음

친구는 죽음이 영원한 잠이기를 바랐다. 칠 년간의 투병은 길고 고통스러웠다. 통원치료, 입원, 요양원. 칠 년은 살기에도 때때로 지겨울 만큼 긴 세월이다. 고통받으며 살기에는 영원만큼 긴 시간이다. 그는 사후의 삶 같은 것도, 윤회라는 신비스러운 인연도 없기를 바랐다. 가난, 무지, 혼란의 젊은 시절, 정념이 저지른 과오들, 사랑하고 미워했던 시절들, 기나긴 투병 — 이것들이 그에게 영원한 잠을 원하게 했다. 삶은 물먹은 해면처럼 그를 눌렀다. 그에게 살아온 삶은 뜻 없이 힘들기만 했다. 무엇보다도 그의 생을 마감시키는 질병이, 그의 자부심을 무너뜨리는 고통이 영원한 망각의 운명을 바라게 했다. 그에게 삶은 부담이었고, 특히 그의 젊은 시절은 길고 어두운 터널이었다.

마지막으로, 죽기 위한 긴 고통을 겪었다.

그는 가난하고 병약한 부모님 때문에 고통스러운 어린 시절을 보냈고, 대학 시절에는 가족을 부양하며 학교를 다녀야 했다. 과외 교습을 서너 개씩 하며. 항상 피로에 지쳐있었고, 몸은 야위어 있었다. 반도 못 먹고 숟가락을 내려놓곤 했다. 지치면 먹는 것도 힘겹다며. 과외 교습이 금지되었을 때는 닥치는 대로 일했다. 심지어 터미널에서 타이어 조이는 일까지.

그의 삶은 거칠고 참담했다. 그러나 그는 품위와 격조를 잃지 않았고 이상주의를 포기하지 않았다. 언제나 강인하고 초연했고 미래를 바라봤다. 그는 가난 따위는 두려워하지 않았지만, 무지는 언제나 두려워했다. 자기가 무식하다는 사실이 탄로 날 때마다 얼굴을 붉히며 당황했으니까. 사실 그는 누구보다 현명하고 지혜로웠는데. 무지하지 않은 젊은 시절이 어디 있겠는가. 잘 알고자 분투했던 그의 노력을 나는 보아 왔다. 정말이지 그는 삶을 위한 삶을 살았다. 매 순간의 열정에 유형적 목표는 없었으니까. 단지 열정만이 그의 동력이었으니까. 그런데 그 모든 투쟁이 결국 질병과 죽음으로 이어지니 삶에 어떤 미련이 남겠는가. 이 지상에 어떤 흔적으로도 남기를 원치 않았고, 심지어는 건강과 젊음이 다시 주어지는 것도 원치 않았다.

"그렇다면 죽음도 편치 않을 거예요. 삶에는 값을 치렀으니 이제 무기물의 세계 속으로 해체돼야지요. 다시 태어난다 해도 인간으로는 싫습니다. 갈매기나 상록수로 태어나는 편이 낫지요. 자연이 시키는 대로만 살면 되잖아요. 의식은 별로 좋은 거 아니에요. 그것이 실수하게 만들어요. 사람을 힘들게 해요. 의무 속에서 모든 평온을 앗아가지요." 그가 삶에 값을 치른 것은 맞다. 20년간 일했고, 수많은 환자를 치료했고, 한 권의 교과서를 썼고, 한 명의 아이를 키웠으니까. 좋은 아들, 좋은 남편, 좋은 아버지, 좋은 의사였으니까.

그러나 나는 알고 있다. 음악과 술과 학식과 여성을 그 역시 사랑했다는 것을. 스토아주의자의 외양 안에는 차갑게 끓는 정열이 있었다는 것을. 그의 영혼은 나이아가라만큼이나 격렬했다는 것을. 단지 죽음의 고통이 무의식과 망각을 더 나은 것으로 생각하게 만들었다. 그는 마지막 순간까지 일하려 했다. "죽음은 없어요. 더 이상 일하지 않는 내가 있을 뿐이지요." 그렇다고 해도 병상에서의 그의 말이 맞을지도 모르겠다. 살고자 하는 의지도 사후의 미지와 공포에 빚지고 있는 것이 많을 터이니. 자연은 지구에 생명을 뿌리길 원했고 죽음을 알 수 없는 신비로 만들었다. 자기 목적을 충분히 달성하면서. 넘쳐 나는 생명을 갖게 되지 않았는가.

그는 고통이 조금만 참을 만해도 곧 생생한 눈초리로 우리의 추억을 회상하곤 했다. 디스크 한 장이나 소주 한 병조차도 호사스러움이었던 젊은 시절. 마음이 물질보다 더 가난했으니 그래도 좋았다. 우리가 부자가 되기를 원했던 적이 있었던가. 우리의 사막에도 가끔씩 오아시스가 있다면 그것으로 좋았다. 메마른 시절 가운데 가까스로 존재했던 촉촉함. 스미듯이 우리를 물들였던 안도감. 기억 속의 오아시스는 화려하고 사치스러운 곳은 아니었다. 힘겹게 걷다가 잠시 쉬었던 장소가 보물이 숨겨진 곳이었다. 추억 속의 창고. 우리 젊은 날의 재화의 창고. 힘든 나날 가운데 가까스로 흥겨울 수 있었던 조촐한 샘물. 평범하고 소박하게 빛났던 그 샘물. 흔했지만 우아했던 이야기들.

그의 고통은 길고도 깊었다. 나는 병실 문에 귀를 기울였고, 거친 숨소리와 낮은 비명이 나면 돌아서곤 했다. "나는 고통이 싫어요. 단지 육체적일 뿐인 이 아픔이 나를 이렇게 지배하는 것이 참으로 역겨워요. 나는 노예지요. 이 고깃덩어리의 노예지요. 내가 이렇게 소리를 지르며 아파하다니 너무 화가 납니다. 가족 보기도 창피해요." 그 마음을 물론 안다. 그의 자부심이 붕괴되고 있다는 것을 내가 어떻게 모르겠는가. 그는 항상 강인했고 초연했는데. 의연한 자존심이 그의 것이었는데. 구원의 호소 없이 살아왔는데. 모두를 보살피려 했던 사람인데. 돌아섰고 승강기의 버튼이 태양처럼 크게 떨렸다.

나는 운명을 원망했다. 가난했던 시절, 힘든 대학 생활과 실습, 10년간의 개업의 생활—어디에 용이했던 시절이 있었는가. 노역 외에는 없지 않았는가. 그러나 그는 나보다 나은 사람이었다. 그 세월 속에 숨어 있던 보석들을 가끔씩 찾아내며 오히려 나를 위안했다. 그는 모두 기억했다. 내가 잊었던 모든 것들을. "정말 좋았습니다. 다시 만날 수 있다면, 죽음이 망각이 아니길 바라지요."

나의 젊은 시절과 나의 과거는 그 덕분에 아름다웠다. 과거가 존재하는 것은 오로지 회상 속에서이다. 그리고 그것이 아름답다면 과거는 빛과 향기에 싸이게 된다. 그는 우리의 과거를 아름답게 채색했다. 갈색과 초록의 안개로 피어오르는 그 빛바랜 추억들을. 사진 속의 초라했던 우리 과거들을. 그가 아니었다면 차가운 소묘였을 이야기들을.

잠든 그를 방문했을 때는 안도했다. 그 잠이 그를 영원한 죽음으로 인도하기를 바랐다. 조용한 숨소리가 멎기를 바랐다. 그러나 늙어가는 나의 이기심은 그 희망을 곧 지우곤 했다. 그의 죽음은 나의 젊은 시절의 죽음과 같은 것이었으니. 즐거울 미래, 함께할 미래의 큰 부분이 사라지는 것이었으니. 내 마음을 파고든 것은 '몇 장단을 더 펼쳐야 이 인생이 끝이 날까?'하는 안타까움이었지만 그래도 나는 그가 좀 더 살기를 바랐다. 그리고 그가 이 세상에 미련을 보여주지 않을 때에는 나 역시도 한없이 외로웠다. 그는 떠날 작정이다. 우리 모두를 상실감에 떨게 하며 그는 소멸할 작정이다. 마지막까지도 여기에 미련을 가져야 하지 않는가. 자기보다 우리를 생각해야 하지 않는가. 남는 사람보다 떠나는 사람이 가뿐하다.

그의 잠은 땀에 전 것이었다. 찡그린 표정과 힘없이 기운 그의 얼굴은 잠조차도 그리 편한 것은 아니라고 말하고 있었다. 고통은 끈질기게도 잠 속에까지 그를 찾아 들어갔다. 부당하게도 단지 죽기 위해 고통을 겪어야 한다. 나는 그 고통이 죽은 그의 영혼에까지 들러붙을까 무서웠다. '영원한 잠'을 그리도 원해 마지않았으니 죽음의 세계는 좀 더 편안해야 하지 않겠는가. 그 속에서는 더 이상 생전의 고통과 아쉬움 때문에 힘들어서는 안 되지 않겠는가.

그 친구가 유명幽明을 달리했다. 그의 고통이 큰 것을 보아왔고, 그 시간이 긴 것을 보아왔으니 나의 마음을 채우는 것은 격렬하고 찌르는 슬픔은 아니다. 오히려 자연의 섭리에 순응하는 마음이고, "모든 것이 다 지나갔구나."하는 안도이다. 그의 고통이 마침내 끝났다. 혹시라도 다시 일어선 그를 볼지도 모른다는 나의 부질없는 욕심도 끝났다. 식탁을 온통 지저분하게 만들며 같이 마시고 먹어댈 기회도 사라졌다. 이제 내게 행복을 주었던 그 미소도 영원히 사라졌다. 남은 것은 단지 그가 나에게 준 호사스런 추억들이다. 그 추억들은 이제 호사를 넘어 사치로 기억될 터이다.

사랑했던 한 친구가 마침내 평온을 갖게 되었다. 그는 기나긴 고통과 절망의 세월 속에서도 품위와 우아함을 잃지 않았다. 나의 친구여! 그는 삶의 즐거움을 놓치지 않으려 애썼지만, 삶 자체는 멸시했고 죽음 따위도 두려워하지 않았다. "사람은 학문이나 예술 같은 것을 하기보다는 먹고 마시기 위해서 태어난 겁니다. 철학 같은 것을 하기 위해서가 아니라 사랑을 하고 한 잔 들이켜기 위해서 말이에요. 나 같은 사람이 철학이라니 말이나 될 소리에요?" 이것이 그의 삶의 철학이었다. 그리고 그의 죽음의 철학은 "더 이상 가난하지도 젊지도 않으니, 오래 산다고 무슨 행복이 있겠어요." 이것은 옳은 이야기다. 그는 진정한 철학자이고 예술가이다.

나는 그가 스스로가 말하는 사람만은 아닌 것을 안다. 그 모습은 조용하고 그 태도는 온화하고 섬세하지만, 그의 영혼은 격렬하고 학문을 향한 그의 꿈은 크고 높았던 것을 나는 안다. 자기의 재능에 당황해서 그 정열을 어떻게든지 가두어보려 하는 노력을 나는 얼마나 즐거운 웃음으로 바라보았던가. 얼마나 유쾌한 아이러니로 비꼬아주었던가. 그는 홍길동이기를 원했고 풍운아이기를 원했다. 사나이다운 척하고 냉혈한인 척하려고 얼마나 애처로운 노력을 하였는지. 그는 자신을 '한강변의 의적義賊'이라고 불러달라고 했다. 그럴 때면 나는 비겁한 자기만족을 하곤 했다. "음, 자네는 아직 철이 덜 들었네. 이 사람아, 좀 더 어른스럽게 살아야지. 지금이 어느 때고. 자네가 몇 식구를 부양해야 하는데 지금 무슨 헛소리를 하고 있는가. 한강 변의 의적보다는 한강 변의 갑부가 되려고 애써 보게." 물론 마음속으로 한 말이다.

그와의 대화가 내게 준 즐거움이란! 그의 유머 감각은 대단했고 그의 장난기는 한결같았다. 그는 매력적이고 짓궂은 친구였다. 그는 재기 넘치는 언사로 나를 곤경에 몰곤 했다. 그런 친구가 이런 고통을 겪어야 한다니. 자연이 그를 데려갈 양이라면, 고통 없이 데려가기를 나는 얼마나 기원했던가. 그의 신음 하나하나가, 그의 땀방울 하나하나가, 나를 찌르는 송곳이었다. 그의 고통의 크기가 그의 존엄성보다 작기를 나는 얼마나 바랐던가.

그의 정열은 세인世人의 눈에는 전연 보이지 않는 것이었다. 그는 조금 수줍어했다. 그러나 바흐의 한 아리아가 그의 밤잠을 설치게 했던 것을 나는 안다. 다음날 새벽에 당장 나머지를 들려주기를 원했던 것도 기억한다. 우리들의 마음을 큰 기쁨으로 채웠던 고풍스럽고 우아한 선율들. 이젠 누구와 그것을 같이 들을 수 있을까.

방학 때마다 우리가 일했던 주유소는 아직도 번창하고, 그 주인은 이제 많이 늙었다. 귀에다 소리를 질러대야 간신히 고개를 끄덕거린다. 그래도 다들 살아 있건만 젊은 의적이 먼저 가고 말았다. 3주간의 우리 노역의 대가가 아홉 개의 교향곡과 소주 세 병과 낙지볶음 2인분이었던 것을 그는 자주 말하곤 했다. 우리는 기름때를 닦아내고 황홀경에 빠져 그 전집의 네 귀퉁이를 뜯었다. 조심스러움과 존경의 마음으로. 거기에는 LP 일곱 장이 들어 있었다. 반짝거리는 검은 색의. 흑단보다 더 아름다운 검은색의. 그는 내가 희사한 싸구려 턴테이블을 애지중지했다. 그는 정색하고 말했다.

"형이 일단 4번까지를 가져가세요. 나는 뒤엣것들을 먼저 듣지요." 그러나 내게는 속아주는 관용이 없었다. 오히려 선배의 권리로서 홀수 번의 곡들을 가져갔다. "이게 감히 잔머리를 굴려." 하고 속으로 뇌까리며. 그와 함께 그것들이 모두 묻혔다. 삼십오 년이나 지니고 이사 다닌 것들이다. 우리만큼 낡았고 시대에 뒤진 것이라 해도 황천길의 동반자로 삼기에는 좋다. 우리의 아름다운 추억이 아닌가.

운명의 가혹한 신도 더 이상 그에게 고통을 줄 수는 없게 되었다. 영원한 평온이 그에게 주어졌다. 영혼이 고통받는 것은 이제 내 차례가 되었다. 나의 친구여, 네 죽음과 함께 나의 한 시절이 몰락해 갔고, 네 이름을 소리쳐 부르는 중에 나의 웃음은 사라져

갔다. 앞으로 얼마나 많이 네 전화번호를 무심코 눌러대겠는가. 네게로 향하는 나의 무심한 발걸음은 이제는 공허한 병실로 향할 뿐이다. 우리가 쓰러뜨린 술병만큼이나 많은 밤들을 그가 더 이상 없다는 안타까움으로 지낼 터이지만 빛나는 먼 곳으로 달아나지도 못할 터이다. 그가 존재하는 곳은 세상이 아니고 나의 마음속이니.

그림자였다.
내가 아끼고 의지했던 것은.
낙엽이었다.
그 웃음이 나를 기쁘게 했던 것은.
나는 어리석었다.
곧 닥칠 사실을 몰랐으니.
나의 욕심이었다.
영원할 것으로 믿었던 것은.
나는 하늘에 헛된 희망을 던졌다.
더 많이 산 사람이 더 먼저 가게 될 희망을.
나는 믿었다.
운명의 그 날이 내게 와서,
눈이 무겁게 닫힐 때,

그대의 영상이 나의 눈에 맺힐 것을.

나의 이기심이었다.

이것을 바란 것은.

그러나, 아아, 닫힌 것은 그대의 눈이었고,

맺힌 것은 나의 영상이었다.

정말이지 나는 원했다.

그가 남고 내가 가서,

외로움에 고통받는 것은 내가 아니기를.

죽음의 자리에서 나를 지키는 것은 그이고,

같이 했던 행복을 상실하는 것은 내가 아니기를.

죽음이 나를 먼저 데려가기를.

나의 남은 나날들이 사랑하는 사람들의 추억으로 채워지는 것
이 두렵다. 죽음보다는 차라리 오래 사는 것이 두렵다. 같이 떨어
지는 나뭇잎이 되어야 한다. 앙상한 가지에 혼자 붙어서 말라가는
운명은 차라리 저주다. 죽음이 주는 공포보다 그 공포가 오히려
더 크다. 누가 나의 두런거리는 푸념을, 나의 못된 야유를 받아주
겠는가. 누가 나의 못된 성질을 견뎌주겠는가. 나의 부름에 누가
대답하겠는가.

이제 영원한 것은 없다는 것을 깨닫게 되었다. 그러나 안다고

해서 체념이 오는 것은 아니다. 친구의 죽음이 남긴 공허와 쓸쓸함은 너무도 크다. 많은 것들이 빛을 잃고 모든 것이 무의미해진다. 이 절망의 장막이 걷힐 것 같지가 않다. 다시 한 번, 그날의 일을 마친 술집 주인을 곤혹스럽게 만들고 싶다.

"아주머니, 보채지 말고 한 병 더. 아직 초저녁이에요. 단숨에 마실게요. 같은 밤을 두 번 못 살잖아요. 웃어요. 담엔 일찍 끝낼게요. 예쁜 사람이 짜증 내면 하느님이 실망해요. 만드느라고 고생했을 텐데. 먹고 마셔야지요. 누가 알겠어요. 저 세상에도 술집이 있을지. 저 세상에도 아주머니같이 예쁜 사람이 있을지. 저 세상에서 우리 다시 만날지." 누가 거절할 수 있었겠는가. 나의 시인이여, 능청스러운 사람이여, 우아하고 경박한 후배여!

이것뿐이 아니었다. 술이 취하면 길가는 아가씨의 코앞에 얼굴을 들이대고 "맞습니다. 여성은 예쁘게 화장하고 애교를 부리려고 태어난 겁니다." 라며 수작을 걸곤 했다. 비라도 오면 그날은 온통 그의 것이었다. 홀로 걷는 모든 여성의 우산 속에 한 번씩 들어간다. 노선을 찾아드는 기차처럼 조금씩 따라가며 힐끗거리다 쑥 들어간다. 쫓겨나면 또 들어간다. 술 한 잔 사겠다고. 한 번도 성공한 적 없다.

그는 모든 여성을 사랑했다. 모든 여성에게 예쁘다고 말해줬다. 나는 그가 '못생긴 여자'라고 말하는 것을 들은 적이 없다. 심지어 그는 학교 앞을 배회하는 정신이 나간 아주머니에게도 친절했고 진지했다. 모든 여성은 사랑받을 권리가 있다고 말하며. 그러나 이것은 유쾌한 친절이었다. 항상 충실한 남편이었으니까. 그는 신사였다. 영국 전체를 뒤집어 찾아도 그 정도 신사는 어림없다. 그러나 나는 때때로 도망가고 싶었다. 늙은 것들이 주책없다고 하지 않겠는가.

우리의 사막을 헤매고 찾아서 오아시스 하나를 되돌려 보고 싶다. 잠깐만이라도 불손한 언사와 야유로 다시 한 번 노인네들을 비꼬아주고 싶다. 말도 안 되는 괴상한 이론과 언사를 늘어놓으며, 노련한 이론가인 척하고, 엉터리 학식을 가장했던 그 시절. 냉정하려 애썼던 그 시절. 열렬한 이상에 찼던 젊은 시절. 이제 우리가 늙었다. 우릴 야유할 젊은이 어디 없을까.

그 시절이 안 된다면 나중 시절도 괜찮다. 학식이 아니라 정열이 더 소중하다는 것을 알게 된 다른 시절. 오히려 정열을 갖고 싶었던 그 시절. 정열보다는 학식을 갖고 싶었던 젊은 시절과는 반대로. 우리가 감당하기 힘겨워했던 그 정열이 사실은 둘도 없는 재화였다는 사실을 알게 된 나중 시절. 그러면 머리가 희끗희끗한 그는 다시 한 번 비 오기를 기다릴 것이다. 우산 속 여인의 향기가 그리워. 그러고는 코를 킁킁거릴 것이다. 여자의 향기만 한 것이 어디 있느냐며.

저 세상에서 다시 그를 만날 수 있다면 사후의 세계도 참을 만할 것 같다. 죽음과 잠에 대한 그의 희망이 어쨌건, 그를 만날 수만 있다면 죽음이 꿈 있는 잠이기를 바라겠다. 그렇다. 다시 만날 수만 있다면. 그렇지 않다면 그것이 영원한 암흑과 침묵이기를 바란다.

나의 친구여, 너는 까다롭고 못된 나를 관용의 미소로 바라보았고, 나의 짓궂은 야유를 미소와 까딱거리는 눈썹으로 받아주었다. 그리고 보복을 약속했었다. "형이 수술환자로 한 번쯤 입원하기를 바라. 진통제 없어. 그때에도 지금처럼 자신만만한지 보겠어. 비명을 안 지르면 존경해주지. 사람은 생각보다 생리적인 존재야. 살려 달라 그럴걸." 왜 아니겠는가. 그러나 나도 떠들어댈 입은 가지고 있다. "네가 나를 수술한다고? 차라리 수의과로 가겠다. 내가 네놈을 모를 줄 알아. 숨이 막히고 손이 떨릴 거다. 네 간이 20그램밖에 안 되는 걸 내가 알지."

'브라보'하던 중에 생맥주 잔이 깨졌고 나의 손이 깊숙이 찢어졌다. 정말로 그는 마취도 안 해주고 꿰매고 말았다. 술에 취해 있어서 다행이었다. 술기운으로 비명을 안 질렀다. "앞으로 존경해!"가 고마움에 대한 배은망덕이었다.

그는 자신의 병은 고치지 못했다. 그러고는 가버렸다. 우리의 마음속에 커다란 구멍을 뚫어 놓고는. 자연은 귀한 보물들을 만든다. 그러고는 무심코 내던지고 소멸시킨다. 속는 것은 우리이다. 그 귀한 재보財寶들이 영원할 것이라고 약속하지 않았던가. 이렇게 아름답고, 이렇게 흥겹고 매력적인 생명들은 영원할 것 같지 않은가. 그러나 그렇지 않았다. 우리가 믿었던 것들은 공중에 던져진 우리의 희망일 뿐이었다. 끌어안고 사랑했던 모든 것들이 그림자였고, 잿더미가 될 것을 알았을 때에는 이미 늦었다. 사랑했던 대가를 치를 일이 이제 남으니 그를 그리워하며 많은 날들을 지낼 것이다. 어떤 시인이 노래하듯이.

"어떤 사랑이 오고 갔는지 나는 말할 수 없다. 나는 단지, 여름이 나의 안에서 잠시 노래 불렀다는 것, 그리고 더 이상은 노래하지 않는다는 것을 알 뿐이니."

그의 영혼이 우주 어디엔가 있고, 언젠가는 다시 만날 수 있는 것이 생명의 운명이라면 나는 신神과 화해한다. 인디아나 페르시아나 이집트의 어떤 수상쩍은 신이라도 좋고, 아프리카나 남태평양의 어떤 정령이라도 괜찮다. 고대의 현자가 뭐라고 하고, 라틴 시인이 뭐라고 하든. 헤어졌던 우리들이 다시 만날 수만 있다면. 그렇다면 아무 신이라도 믿겠다. 건강하고 활기 있는 그를 만날 수만 있다면. 나의 친구여, 부디 저 세상에선 아프지 말라.

그가 남겨 놓고 간 생명에 감사한다. 살기에 바쁘고 의무에 쫓기기 때문에 경황이 없다 해도, 언젠가는 내가 필요할 때가 온다.

아버지가 필요한 날이 온다. 그 친구의 대학입학식에도 갈 것이고, 결혼식에도 갈 것이고, 아기 돌에도 갈 것이다. 행복뿐만 아니라 불행도 함께 할 것이다. 나는 바란다. 부디 그의 인생은 아버지의 것보다는 좀 더 편안하기를. 많은 아이를 낳고 한껏 천수를 누리기를. 아버지 못지않게 섬세하기를. 아버지가 어떤 사람이었는지 알게 되기를. 얼마나 그를 사랑했는지를 알게 되기를.

그의 아버지가 사나이답고자 애썼지만 그 아들은 본래 사나이였다. 시원스럽고 관대한 그는 아버지가 노력으로 얻고자 했던 것을 천품으로 지녔다. 거칠 것이 없고 고민할 것이 없다. 그러니 그 부자父子는 '의적이 되고자 하는 사나이'와 '타고난 의적'으로 구성된 것이었다.

요사이 공부 때문에 내 애를 먹인다. 공부보다 공차는 걸 더 좋아한다. 아무래도 의적에 가까운 것은 그의 아버지보다는 그이다. '의적에 덜 가까운 사람'에게 조만간 가야겠다. 날씨가 좀 더 풀려야 한다. 그러면 한참 놀다 올 수 있다. 소주 두 병쯤은 같이 마셔야지. 꽃을 한 다발 들고 갈 것이다. 아스트로나 왁스플라워가 좋겠다. 그는 탈색된 느낌의 색을 좋아했었다. 사이비 의적에게 가야겠다. 진품 의적을 데리고.

One Man's Dog